• 衛斯理小說典藏版 23 •

衛斯理
親自演繹衛斯理

《真空密室之謎》

新之又新的序言，最新的

衛斯理小說從第一次出版至今，歷時已近半世紀，總共出了多少正版，還能計得清，若是連盜版一起算，那就算找外星人來算，也算勿清楚哉！不知能不能也算世界紀錄。

算得清好，算勿清也好，能幾十年來不斷出新版，說明不斷有讀者加入，對作者來說，沒有更值得高興的事了，謝謝所有喜歡衛斯理的人，謝謝謝謝。

倪匡

二〇二〇年六月四日 香港

幾句話

寫了四十多年小說，論者將拙作分為三個時期：早、中、晚。在明窗出版的一批，屬於早期和中期的上半。三個時期的創作風格有相當程度的不同，所以風評不一。本人並無偏愛，但讀友對早期的作品，頗有好評，大抵是由於在早、中期作品之中，主要人物精力充沛，活力無窮，所以使故事曲折多變，小說也就格外吸引。明窗出版社此次重新出版這批作品，正好讓大家來證明這一點。

四十餘年來，新舊讀友不絕，若因此而能有新讀友，不亦快哉！

倪匡

二〇〇五年十一月六日

序言

《透明光》的續集定名為《真空密室之謎》，是因為在故事的最後，王彥和燕芬兩人在衛斯理設計的真空密室之中，究竟發生了什麼事，是死，是生，始終未曾明寫的緣故。

二十年來，不知被人問了多少次，這兩個人究竟怎麼樣了？這兩個人究竟怎麼樣了，真的沒有答案，在以後的所有故事中，也未曾再提及，一直是謎。

整個故事的設想，從古印加國到古埃及，自然都是無中生有的創作，但有很完整的假設，是創作過程中相當感到高興的事。

永遠之謎看是太殘酷了些，希望可以有機會解開它。

衛斯理（倪匡）

一九八六年十二月十二日

目錄

第十三部

滿是咒語的走廊

那阿拉伯人哼了一聲倒在地上，我立即衝到那已跌倒在地的白種人的面前，一把將他提了起來，道：「快說，是誰主使你們來的，羅蒙諾是哪一方面的人？」

那傢伙的口張得老大，抖動着，喉間像是發出了一些什麼聲音，但那聲音卻是一點意義也沒有的，接着，他雙眼凸得老出，已經中毒而死了。

那阿拉伯人手中的戒指，紅得如此異樣，使我一看便知這是有劇毒的殺人武器！

我手一鬆，那白種人倒在沙漠之中。

那阿拉伯人冷笑了一聲：「他不能回答你的問題了，先生！」

我勃然大怒，轉身向他：「不錯，他不能回答了，但是你能的。」

那阿拉伯人一聲怪笑：「我也不能了！」

我來不及跳向前去，他已經將他手中的戒指，在他自己的手腕上，輕輕地劃了一下，手腕上出現了一道血痕，他望着我的眼珠，愈來愈向外突出：至多不過三十秒鐘，他面肉扭屈着，也已死了！

兩個人死了，前後的經過，還不到三分鐘。

王俊在一旁，看得呆了，他只是呆呆地站着，不斷地問道：「他們是什麼人？他們是什麼人？」

我給他的回答，十分簡單：「特務！」

我俯身在這兩人的身上搜了一搜，他們身上，什麼證件也沒有，他們死在沙漠上，根本沒有人可以知道他們的真正身分。

他們是死於中毒的，沙漠上的毒蠍太多了，誰會疑心其他呢？

我略站了一回，便一揮手道：「我們走吧！」

我和王俊，一起上了直升機，我還希望可以在直升機上找到那些人的來歷，但是整架直升機，只是一架直升機，一點其他附屬的東西都沒有。這樣的一架直升機，可以附屬任何人，任何集團。

我檢查了一下，直升機中有足夠的燃料，我吩咐王俊綁好了安全帶，我發動引擎，一陣強烈的旋風過處，直升機開始上升。

旋風捲起黃沙，將那兩個人的屍體，齊皆蓋住，根本一點痕迹也沒有留下。

直升機向工地的方向飛着，一小時後，我們就見到了運輸工程物資的龐大車隊。在沙漠中，還有臨時的建築，供應車隊隊員的休息。

我將直升機在臨時建築的附近停了下來，衝進了一間簡陋得不成話的酒吧，我和王俊兩人，貪婪地牛飲着冰凍啤酒，覺得世上再也沒有比這美味的東西了。

在十五分鐘之內，我的體力已完全恢復過來了，王俊找到了運輸隊長，向他借用一輛小吉普車，運輸隊長本是認識王俊的，自然一口答應。

我提了清水，和王俊上了吉普車。

天色黃昏時分，我們已駛出了沙漠，開始看到了青草，平時最提不起人注意力的青草，這時看來，居然如此親切！

車子再向前去，已經可以看到肥沃的土地，在天色愈來愈黑之際，我看到了那座大廟。

我們離開那座大廟，還相當遠，而且是在暮色之中，但是那座大廟看來，還是那樣地雄偉，巨大的石柱，一列列地排列着，像是無數巨人列隊一樣。

大廟離工地不十分遠，我們可以聽到工地上各種機器工作的聲音，和看到工地上連串的燈光。依照整個工程的計劃，在工程完成之日，這裏一帶，將成為一個龐大的人工湖。

而通過一系列的水閘以及灌溉渠，剛才幾乎制我們於死地的那一大片沙漠，便可以逐漸改變為良好的耕地。

整個工程都十分美妙，所遺憾的便是這座已有幾千年歷史的古廟，將要在工程完成之日，被埋在四十公尺深的水底！

王俊將車子直駛到大廟前，停了下來。

廟中的人，早已離開了，在白天，埃及政府設有嚮導員，領導遊客觀覽這座即將成為歷史陳迹的古廟。但這時，已是黑夜了，大廟中透出一種致命的寂靜。

我跳下了車，奔上了石級，到了那五十多條一人合抱粗細的石柱前，廟門有五個，當中一個是正門，旁邊四個是偏門。

這時，廟中可以搬動的東西，都已經被搬走了，因為這座古廟中的一切，全是古代的遺物，一件最粗糙祭品，放在古董市場上，便有出人意表的價值。這時，連門也已運走了。那五個門，就像是五張怪獸的大口一樣，黑沉沉的，充滿了神秘和恐怖。

王俊跟着我上了石級，他拿着運輸隊長給他的強烈手電筒：「走，我們一齊去。」

我將手電筒從他的手中，接了過來：「我一個人去，你將索帕族那七間秘密祭室的所在處講給我聽就可以了。」

王俊搖頭道：「為什麼？我和你在沙漠中，已經經過了那麼艱難的時刻，為什麼你如今不要我了？」

我笑了一笑：「你趕快回工地去，若是天明之前，還未曾見我來找你的話，那麼你就立即通知保安機構來尋找我的下落，這本是一件十分有趣的事，但如今已有國際特務組織滲雜在內，我不想你淌渾水。」

王俊還想說什麼，我已經拍了拍他的肩頭：「去吧，你看，這座古廟，就像是五隻頭的妖怪一樣，張大着口，在擇人而噬，如果我和你一起進去，我還要照顧你，更麻煩！」

我的話顯然傷了王俊的自尊心，他一言不發，轉身便走。我忙道：「喂，如何到那七間密室去，你還未曾告訴我呢！」

王俊停了下來：「你走進去，穿過大殿，向左面的那條走廊走，你照着牆上，看到牆上有紅色的石塊的，你便轉彎，那會將你帶到一個院落中，那裏有兩口井，一口井上有井架，一口沒有，你向那口沒有井架的井口爬下去，到了井底之後再經過一條長長的走廊，就可以到了。」

王俊說得十分詳細，我已轉身向前走去。

但是王俊卻又將我叫住：「在那條走廊中，有着各式各樣的咒語，依格說，走在這條走廊中，絕不能回顧，更不能四面張望，否則，必有奇禍！」

我笑着答應一聲，看着王俊馳着吉普車向工地方向而去，才又轉身過來。

只剩下我一個人了！

我的心中不禁起了一陣寒意，奇怪的是，這時我什麼都不想，只是在想：

那條走廊上的咒語，究竟會使經過走廊的人，遭到什麼可怕的結果呢？

這似乎是十分可笑的事，一個現代人，居然會害怕起古代的咒語來了！但是在如今的情景下，卻不能不令人感到古代咒語加於人精神上的那種強大的壓力。

我跨進了古廟，才走進幾步，工地上的聲音，便聽不到了。

四周圍是如此之靜，靜到了使人感到自己也不存在於這個世上！

古埃及的建築師，是世界上最傑出的建築師，這座廟自然經過精心的設計，它不但可以隔絕外界的聲音，而且能夠吸收產生在廟中的聲音，使廟中保持極端的沉靜。

我開亮了電筒，四面照射了一下。

到處都是空蕩蕩的，除了石柱之外，什麼都沒有，連鋪在地上的石板，都被撬去了一部分。我向前走着，奇怪的是，我有意加重腳步，但是卻聽不到自己的腳步聲。聲音在奇妙的建築中消失了！

我走了十來步，突然想到：如果有人跟在我的後面，我怎能察覺呢？

我連忙轉了過來，強光電筒的光芒，掃射了一周，卻並沒有發現什麼，我熄了電筒，這座古廟，充滿了神秘的氣氛，再加上我知道，羅蒙諾既然有可能派出直升機來追查我們的下落，那麼他當然也沒有在着陸之後引起什麼特別的麻煩。

他是一定會來這裏的，或許已經來過了，或許還沒有來，更可能這時他也在古廟中！

我熄了電筒之後，在黑暗中站了很久，一點有人的迹象都沒有，我繼續開亮了電筒向前走去，心頭不由自主，劇烈地跳動着。

我穿出了大殿，果然看到前面有三條岔道，我依着王俊的話，向最左的那條走去。

我再踏前了兩步，忽然聽到中間的那條甬道中，傳來了一下金屬的撞擊之聲。

我已經說過，這座大廟的特殊建築，使得在廟中發出的聲音，發生一種十分奇怪的消失現象。而這時，我所聽到的這下金屬撞擊之聲，也是十分悶啞。

但是我居然能聽到了這一下撞擊之聲，可知在實際上，這一定是一下十分響亮的聲音。那使我立即靠住石壁站住。

但是那一下響之後，四周圍又回復了一片死寂，任何聲音都沒有了。

我等了五分鐘，在考慮着是不是應該走過去看個究竟。但是在那五分鐘後，我卻決定不去，因為可能是古物偷盜者弄出來的聲音，我是不必去節外生枝的。

我將手電筒放在衣袋中，向前射去，光芒便暗了許多，不致於使我的目標，太過暴露。向前走出了七八碼，便又出現了岔道，但是在其中的一條岔道口子中，整齊的灰色石塊中，有一塊是赭紅色的。

我將電筒向上移了移，看到那塊赭紅色的大石上，刻着兩個奇怪的文字。我不認得那是什麼文字，而且，由於年代實在太久遠的關係，那兩個字也已經剝蝕得模糊不清了。

我轉過了彎，繼續向前走着。

那時，我等於是在死的境地中行走一樣。人一生只能死一次，已死的人，不能再活過來向活人敘述死的境界，所以世上沒有人知道死的境界是怎樣的。

但這時，我卻想到了死的況味。黑、靜，整個世界都像是離開了你，你像是在一個無際無邊的空地之中，雖則你觸手可及石壁。我繼續向前走着，遇到前面有幾條去路時，我就開着電筒。在幾條去路中，總有一條，是嵌着一塊赭紅色的石塊的，而石塊上，也照例有着那兩個古怪的文字。到了裏面，大概是因為少人到的關係，紅石上的文字，看來還十分完整。

那無異地是兩個象形文字，我相信除了專家之外，普通人是絕弄不懂這種古老象形文字的含意的。

整座大廟，幾乎都是以方形大石砌起來的，這些紅色石塊，當然沒有可能是後來加上去的。

也就是説，指路的紅石，和這座大廟同時出現，我的進一步的推論是：整座大廟，可能就是因為要掩護那七間秘密的祭室而建立的！

那麼，索帕族究竟是什麼來歷的民族呢？何以埃及人要在這裏，造起那樣宏偉的一座古廟，只為了掩護那七間秘密的祭室呢？

我強迫自己想着，那樣，在這種死一樣的境地中，我才不會感到難以忍受的壓迫感。

曲曲折折的通道，好像永遠沒有盡頭一樣。

好不容易，我眼前一亮，看到了有光，我已到了一個四四方方的院落之中。那院落的三面，俱是石塊砌出的高牆，牆上連一個小窗戶都沒有。只有我走來的那一面，有一扇門可通。

那扇門是鐵門，半開着，沒有被拆走，可能根本沒有人能走到過這裏，所以這扇鐵門，便被保存了下來。

我之所以這樣說法，是因為我看到，鐵門上有着花紋，毫無疑問，是十分有價值的古物。

我跨出了鐵門，再回頭看了一眼。

月光之下，我看得十分清楚，鐵門上的浮雕畫，是和那隻黃銅箱子一樣的：一塊發光的石，旁邊圍着幾副人的骸骨和獸的骸骨。

這扇門，使我知道我並沒有找錯地方。

那院落並不十分大，有着兩口並列着的井，一口井上豎着井架，井架已東倒西歪了，另一個則沒有。

我走到了那口沒有井架的井旁，開亮了電筒，向下照了一照。

我除了看到，在井壁上，有着可以沿着它爬下井底的石塊缺口之外，什麼也看不到。而那口井，像是極深，因為我手中的電筒，光線相當強烈，但是卻看不到井底的情形。

我在井邊呆了一分鐘，想起那黑洞洞的深井，和到了井底之後，還要通過一條滿是古怪咒語的長廊，我也不禁為之毛髮悚然。

我深深地吸了一口氣，竭力摒除神神怪怪的念頭，跨下了井中。我一跨過了井欄，置身在井中之際，耳際便響起了一陣嗡嗡之聲，像是將耳朵湊在一隻大口瓶中一樣，那當然是由於這口井，又深又不透風，根本和一隻瓶差不多之故。

我小心地順着石級，向下落去，立即發現，那些在井上的石塊缺口，是專為人下去踏腳而設的，我要到達井底，當然不是什麼困難的事。

我算着每一步的距離，和我向下去的步數，到了已經下了十步左右的時候，我便停了下來，準備打開電筒，向下看個究竟。

可是，就在這時候，我又聽到了，在井上面，傳來了一陣金屬的碰擊聲。一入井中，耳際便嗡嗡作響，而愈到井底，那種聲響便愈大，就像置身在斗室之中，而斗室中開着四五隻蹩腳冷氣機一樣，所以那幾下聲音，聽來也並不十分真切。但是我卻可以肯定，這樣的聲響一定是人弄出來的，而不是自然發生的！

我不再着亮電筒，只是身子緊貼着井壁站着，一動也不動。

我抬頭向上看去，只看到黑沉沉的一片，但是卻看不到任何人，我等着，等那聲音再度傳入我的耳中，以判斷那究竟是什麼聲音。

不到一分鐘，那種聲音，又傳了過來，在金屬的碰擊聲外，還夾着一下尖銳刺耳，聽來令人毛髮直豎的尖叫聲，那一下尖叫聲，從響起到結束，可能只不過半秒鐘的時間。

但是，這一下尖叫聲，卻使我整整三五分鐘，感到極大的不舒服。

那是人的叫聲，然而又絕難使人想像，人類竟會發出那麼可怕的聲音來。我這樣想法，實在是為我當時恐怖的心情在作掩飾，因為當時我一聽得那聲音之際，我有一個直覺的反應，便是：那是鬼叫！

我再留神聽着，但是上面，卻又沒有什麼特別的聲音再傳了下來。我呆呆地停了好一會，心中決不定是應該上去看個究竟呢，還是繼續向下去。

我考慮的結果是繼續向下去。

着亮電筒，已經可以看到井底，井底十分乾淨，有一扇門，通向一條隧道，那扇門也是半開半掩的。我迅速地到達了井底，來到了那扇門前。

在門縫中，似乎有一陣一陣的陰風，倒捲了過來，更使人感到陣陣寒意。

我用力一推門，門便打了開來。我舉起電筒，向前直射。

那是一條約有二十公尺長的隧道，隧道的盡頭處，是另一扇門。我熄了電筒，向前走去。說出來連我自己也不信，當我走在這條走廊中的時候，我真的不敢回頭後望，也不敢左右張望。

或許我並不是「不敢」，但總之我沒有那樣做就是了，我直來到了門前，才推開了門，跨了進去，門內是漆黑的一片，我知道已經身在那七間秘密祭室的一間之中了。

我慢慢地將門掩上，本來，我是只想將門掩上，使它保持原來的情形的。但是，那扇門卻是十分靈活，我輕輕一掩間，只聽得「卡勒」一聲，門竟像上了鎖。我連忙轉過身來，打亮了電筒，原來有一個鐵鈎，已將門鈎上了。

我也沒有在意，因為反正我出去的時候，可以取開鐵鈎，再將門打開的。

我轉過身，用電筒照射了一下，那是石室，沒有窗，只有另一扇門，通向另一間石室。而那間石室之中，一無所有，只是在左手的石壁之上，有着一幅神像。

那幅神像，是在石上琢出來的，線條、構圖，和我曾經見過的那隻黃銅箱子，箱面上的浮雕，同出一轍。那神像是牛頭人身像，看來十分猙獰可怖。

我看了一會，看不出什麼特異的情形來，就推開了通向第二間石室的門，兩間石室，一樣大小，也是同樣地什麼也沒有，同樣地在左手牆上，有着一幅在石壁上刻成的神像。

所不同的，第二間石室中的神像，是蛇首人身，而不是牛頭人身。

我的心中，十分失望，因為如果此間石室，全是那樣子的話，那麼我此行，可以說是一點意義也沒有了。我後悔不曾向王俊問個明白，如果早知是那樣的話，我根本不必來了。

要知道，置身在這樣極度靜寂，又如此神秘的古廟之中，並不是好受的事情。因為我至少明白，從這裏運出去的一隻箱子之中的一種古怪東西，已使得兩個人成為透明人，一個人成為隱身人了。我將會發生什麼變故，也是難以預料。

我繼續向前走去，第三間、第四間、第五間、第六間……每一間石室的情形，都是一樣，所不同的只是壁上的神像。而壁上神像的身子也是一樣的，而它們的頭部，卻全是野獸。

在第六間石室的壁上，那個神像的頭，是一種我從來也未曾見過的怪物，駭人之極。

我為了要弄清那怪物究竟是什麼，因此走得近了些，將電筒直接射在神像的頭部。

在我將電筒的光芒，照向神像的頭部之間，忽然我看到，那像虎頭又不像虎頭的怪物的雙眼之中，竟然射出了一陣奇異的光芒來！

第十四部

祭室喋血

我連忙向後退去，手中的電筒，也幾乎掉在地上。在那一瞬間，我的心中，緊張到了極點。事後回想起來，可笑的竟是，我一看到在那神像的眼中，射出奇異的光芒中，我首先想到的是：莫非我已觸怒了神像，使得古代的咒語顯靈了？

我等着，可是神像的眼中，卻又沒有光芒繼續射出來。我大着膽子，又向前走了幾步，重又舉起電筒來，向神像的頭部照去。

我已準備任何可能發生的恐怖事情，但是卻什麼也沒有發生，只是神像的雙眼，在電筒的照射之下，又發生了刺目的光芒。

然而這次，我卻已然看清，那光芒雖然奪目，但卻是死的，而不是活的。我再湊近些，仔細看去，霎時之間，我不禁深深地吸了一口氣。

我的天！我所看到的是事實麼？

那神像的雙眼，是兩顆只經過粗糙琢磨的金剛鑽，而每一顆，足有雞蛋般大小。它們的體積，絕不在英國國寶，皇冠上的那顆鑽石之下。

鑽石上塗上厚厚的漆，但因為年代久遠，漆已有些剝落，這便是為什麼當我的手電筒照上去的時候，會有強烈的閃光的原因了。

我伸手挖了挖，那鑽石嵌得十分結實，挖不下來。我想起另外幾個神像，雙眼都是一樣而向外突出着，難道它們的眼睛，也是這樣的大鑽石？

這十二顆大鑽石的價格，是無可估計的，我想只怕連依格也不知道這樣的一個秘密在，要不然他只消將這裏神像的「眼睛」，挖下一個來，他這一生，便可以過得和帝王一樣，再也不必將那隻黃銅箱子以六十埃鎊的代價賣給王俊了。

我沒有繼續再挖神像的「眼睛」，因為我還有更重要的事情要做。

當我推開通向第七間石室的門的時候，我心中感到十分安慰，因為我至少不是絕無發現。

我推着第七扇門，發現它十分緊，要用十分大的氣力才能推得開。

推開門後，我還未曾跨進去，突然，我又聽到了金屬的撞擊聲。

自從我進入了這座古廟以來，這已是第三次聽到那聲音了，直到這一次，我才聽得清楚，那聲音聽來，像是有人以一根金屬棒，在敲擊着什麼東西。

我呆了一呆，但是我立即想起，通向第一間石室的門，已經被我在無意之中上了鈎，在外面，要將它打開，是十分費時間的。

這時，我可以肯定，已經有人到了井底下。來到井底下的人，當然不是為了貪圖井底黑得可愛，他的目的，自然要到這七間石室來。

我不知道那是什麼人，那可能是羅蒙諾教授，但是我卻比他先走了一步。我決定不理會那種聲音，也不理會那是什麼人，先決定到第七間石室中，看個究竟再說。所以，我又向前跨出了一步，同時，以背頂住了門，將門關上。

我開着了電筒，向門上一照，門上也有一隻鐵鈎，可以將門鈎住的。

我鈎上了門，轉過身來。

這間石室，和先頭的六間，完全不同！

它有一張石製的祭桌，在祭桌之上，放着七隻十分像真的面具。那種面具，是連着頭髮的，面具上的面色是紅棕色，使人一看便可以知道，那是印地安人。

奇怪的是，在正中的那個男子的面具，神氣形狀，竟和依格十分相似。

在祭桌之前，有一個石墩。

那石墩並沒有東西，但是我猜想，那石墩原來可能是用來放置那隻黃銅箱子的。

這間石室之中，並沒有神像，但是在一塊石上，幾乎刻滿了文字。

那種古怪的象形文字，我一個也看不懂，當然更沒有法子將它記住，我知道，如果我能夠讀通那些文字的話，我便有可能找到解決問題的關鍵了。

然而，那些文字，卻像是天書一樣，我取出了小記事簿，決定將那些古怪的文字，依樣葫蘆地描了下來，去請教識者。

那些文字，扭扭曲曲，十分難描，我足足花了半個小時，描了還不到一半，而這時，已有一陣清晰的腳步聲，在向我傳了過來！

我立即後退了一步，附耳在門上，那腳步聲就在第六間石室之中徘徊，不一會，便到了門前。

那人和我只隔着一道門！

我退開了些，那樣，那人若是打開了門，我便恰好在門的後面。我覺出門搖撼了一下，但因為我下了鈎，那人自然推不開門。

這時候，我已經熄了電筒，也收起了記事簿。一個門鈎，是阻止不了暴徒的，為了我自己的安全，我自然要早思對策，不能再去描那石塊上的奇怪象形文字。

門不斷震撼着，約莫過了三分鐘，我突然聽到了一連串驚天動地的槍聲，和透門而過的連續火光。緊接着，「砰」地一聲響，門已被推了開來。

我屏住了氣息，躲在門背後，只聽得一個人大踏步地走進了這最後的一間石室，他的手中似乎還拖着一件什麼沉重的東西。

我以極輕極輕的步法，才橫跨出了一步。在我探頭出門外，向室內看去時，那走進室內來的人，也恰好開亮了電筒。我一看到他的背影，便知道他正是羅蒙諾教授了。同時，我也知道了我在才一下井時，所聽到的那一下怪叫聲，是怎樣來的了。

羅蒙諾的左手，拖着一個人，那人的面上，皮開肉綻，血肉模糊，顯然是受過極其殘酷的拷打，那人正是依格。

羅蒙諾的電筒，轉了一轉，我連忙將身子一縮，縮入了門中。羅蒙諾顯然未曾料到我已先他而到，所以只是略照了一照，便將電筒光，停在那七隻面具上，他全神貫注地望着那七隻面具，我看出這時是襲擊他的最好機會！

我又悄悄地打橫跨出，然後，我像豹子一樣地向前，疾躍了過去，舉起我的手掌，向羅蒙諾的後腦，直劈了下去！

我這一掌，是如此之出乎意料，又是如此之狠、準，羅蒙諾只發出了一下低微的呻吟聲，便向地上倒了下去。我向他踢了一腳，將他的身子踢得向外滾了幾滾。

我眼看他已昏了過去，連忙俯身去看依格，依格困難地從他血流縱橫的面上，睜着眼看着我，結結巴巴地道：「衛先生……原來是你……來……我來替你……作嚮導，告訴你……這七間祭室的來歷……」

我當然是想聽一聽這七間祭室的來歷的，但是我怎能叫一個嘴唇已破碎，每講一個字，都有鮮血淌下來的人來說這些呢！

我托起了依格的頭，放在我的膝上：「依格，你受傷了，你先別說話，我來設法為你療傷。」

依格困難地搖了搖頭：「我……沒有傷……這野驢子，他……他打我……我……」

依格講到這裏，面上現出了一個無可奈何的神色來。

我心中忽然一動：「依格，那塊石塊上的文字，你可認識麼？」

依格搖了搖頭，道：「這是我們……族中……古老的文字……我……不懂。」

我扶着依格站了起來，向門口走去：「你不懂就算了，我們……」

我本來是準備將依格扶出了這七間秘密的祭室去，再回來對付羅蒙諾的。可是，我卻犯了一個最大的錯誤，這個錯誤，使我直至今日回想起來，還覺得十分痛心！

我以為我的一擊，十分沉重，羅蒙諾是絕不會那麼快醒過來的，但是羅蒙諾的體力卻是十分堅強，就在我剛扶着依格，走出一步之際，我已聽到了羅蒙諾的聲音。

羅蒙諾的聲音，十分乾澀，但是卻也十分驚人，他沉着聲道：「衛斯理，舉起手來！」

我的身子，猛地一震，我想起了剛才，羅蒙諾擊開門所放的槍，他如今在我背後，而我將他擊昏之後，又疏忽到未曾將他的槍收去！

他的槍是極具威力的，在如今這樣的情形下，除了高舉雙手之外，實是別無他法！

本來我是扶住了依格的，我雙手高舉，依格自己站立不穩，身子一側，便向旁倒去。我正想再去將他扶住時，慘事已發生了。

在我的身後，響起了一連串的槍聲，依格的身子，忽然向前，直跳了起來，向前撲了出去。

依格的身子不是他用力跳起來，而是被射入他體中的子彈的力道，帶得跳起來的，他的身子跌出了門，伏在地上，我閉上了眼睛，沒有勇氣看依格蜂巢也似的身子。

我預料着我會遭到同樣的結果。

但是羅蒙諾教授卻並沒有再發槍，在槍聲漸漸消失之後，他陰森森地道：「你看到了沒有？」

我沒有出聲，我當然看到了，一個無辜的人死了，死得如此之慘。如果世上真有一個民族叫作「索帕族」的話，那麼，這個民族的最後一個人，也已經死了。

羅蒙諾怪笑着：「衛斯理，你已得到了什麼？」

我定了定神：「我沒有得到什麼，只不過正在抄描那石碑上的象形文字而已。」

羅蒙諾笑道：「真的麼？」

我盡量使自己保持輕鬆，甚至聳了聳肩，但由於全身的肌肉，都緊張得發硬，我聳肩動作，看來一定十分滑稽。我道：「你可以搜我的身上，如今你已佔了極度的上風了，是麼？」

羅蒙諾對我，只是報以一連串猙獰的冷笑聲，我聽到腳步聲，顯然他正在看石室中的一切，而我是背對着他的，我當然是知道，不論他走向何處，他的槍口，總是對準我的。

令我不明白的是：他為什麼不立即解決我呢？他不立即下手，是不是意味着我還可以有翻本的機會呢？

我的肌肉僵硬得可怕，但是我的腦筋，卻還不至於僵得不能思索，只不過在這樣的情形下，我卻也想不出什麼辦法來。

約莫過了五分鐘——那長得如同一世紀的五分鐘——羅蒙諾才又開口：「衛斯理，我不相信你的心中仍以為鬥得過我們。」

我心中奇怪了一下，他說「我們」，那是什麼意思呢？我立即回答：「除非你的子彈，現在就鑽入了我的身體，要不然，在我的腦中，是沒有失敗兩個字的。」

羅蒙諾在向我走來，我聽得出的，突然之間，他伸手在我的肩頭上拍了一拍，我甚至想立即出手按住他拍在我肩頭上的手！

但是羅蒙諾的動作，卻出乎意料的靈活，他一拍之後，立即向後退出：「很可愛的性格，我欣賞你，加入我們，如何？」

我吸了一口氣，原來這就是他不殺我的原因！這無疑是給我一個拖延時間的機會，我立即道：「你們是包括些什麼人？」

羅蒙諾發出了一下令人毛髮直豎的笑聲來，道：「我，和勃拉克。就是兩個人，如果再加上你，我們可以組織成一個世界上無敵的三人集團。」

我早已料到，殺人王勃拉克實際上是和世上任何特務集團都沒有關係的，這也就是他為什麼始終能保持極端神秘的原因。他們兩人的行動，便令得世界各地的保安機構傷透了腦筋，這兩個人無異是傑出的天才人物！

我冷冷地道：「你們真看得起我？你的朋友勃拉克，卻威脅着要殺我哩！」

羅蒙諾道：「不會的，他和我談起過你，希望你能加入我們。」

我盡量尋找着可以轉變這個局面的機會，我道：「那麼，我可以得到什麼好處呢？」

羅蒙諾「哈哈」笑了起來：「如今，我只是經理勃拉克一個人的工作，每年我們可以獲得三百萬鎊以上，完全不用納稅的進賬。由於人手不足，我們不得不推掉許多生意，如果你加入的話，那麼，我們的進賬，便可以增加一倍了。」

我點頭道：「我明白了，一個冷血的勃拉克，你還賺不夠，你希望再有一個冷血的衛斯理？」

羅蒙諾道：「可以這樣說，你有這樣的條件。」

我竭力忍住心中的憤怒，忽然之間，我心中一亮。羅蒙諾無異是一個貪婪之極的人，要不然，何以每年三百萬鎊的進款，他仍然不滿足呢？對付貪婪的人，容易得多了！我冷笑了一聲，道：「你以為一年幾百萬鎊，便能打動我的心麼？」

羅蒙諾呆了一呆：「小伙子，你這是什麼意思？」

我反問道：「你以為我到這裏來作什麼？」

羅蒙諾道：「作什麼？不是為了尋找可以令隱身人恢復原狀的秘方麼？」

我繼續冷笑着，道：「這裏或許有着令人隱現由心的方法，但是你只管去找這種方法好了，我卻並不稀罕。」

羅蒙諾厲聲道：「你這是什麼意思？」

我閉上了口，不再出聲。

羅蒙諾又逼問道：「如果你不說的話，我便不客氣了。」

我裝成了無可奈何地嘆一口氣：「好，可是我也要佔一份。」

羅蒙諾冷笑道：「為什麼不要佔一半？」

我立即回答，道：「一半？那太多了，我只要佔一成，我的財力，便足可以建造另一座金字塔了。」

羅蒙諾驚叫起來，他猝然而來的驚呼，使我嚇了一跳。

只聽得他叫道：「衛，你究竟發現了什麼？」

而更令得我奇怪的是他這一句話，並不是英文，而是德國話！

一個人在心情緊張的時候，是會不由自主立地講出他從小慣用的語言來的。原來羅蒙諾是德國人！那麼，勃拉克也是德國人了？

我略想了一想，便道：「你不妨自己去看，我實在感到難以形容，那神像的雙眼，你仔細地去看。」

羅蒙諾已經向門外衝去，他越過了依格的屍體，我立即向前踏出了一步，但是他也立即轉過身來，喝道：「不要妄動，舉着手！」

他按了電筒，向神像的雙眼照去，那兩顆大鑽石，發出了耀目的光輝，羅蒙諾臉上的神情，就像是中了邪一樣！

他的雙眼也像神像的眼睛一樣，凸得老出，他口中在低呼着，但是我卻聽不出他在叫些什麼，他的身子，在不由自主地發抖！

我放下了雙手來，他也未曾注意，我想到自己撲過去，但這仍然是太危險的舉動，我只好悄悄地提起依格的屍體來，突然向羅蒙諾拋了過去！

羅蒙諾剛才，是如此出神，但他的反應也快得驚人！

依格的身子才一被拋出，他便陡地轉過身來，他手中的手槍射出一連串火花，而我則早已伏在地上，那一排子彈大約都射中了依格的屍體，然而，我預料中的結果出現了，依格的身子向羅蒙諾壓去，羅蒙諾一揮手臂間，電筒撞在石上，熄滅了。

霎時之間，黑暗統治了一切！

羅蒙諾自然也知道，在黑暗之中，他不是絕對有利了，所以，他立即靜了下來。

羅蒙諾的手中，還有着手槍，雖然如今一片漆黑，羅蒙諾的絕對優勢，已被打破，但是我也未必便可以佔到他的什麼便宜，我更加一聲不出。

在電筒熄滅之後，我唯一的動作，便是將一柄小刀子取在手中。羅蒙諾若是一暴露目標，那麼，我手中的小刀，立時可以疾飛過去！

但是羅蒙諾卻無意暴露目標，我極目向前看着，看不到什麼，用心傾聽着，也一點傾聽不到什麼，事實上，在如今這樣靜的境界中，根本用不着用心地傾聽的，只要一有聲音，即使那聲音低到了極點，也是可以立即聽得到的。

我和羅蒙諾之間，展開一場耐力的比賽，誰先出聲，誰就遭殃！

我在一黑下來之際，就伏在地上的，這時，我仍然伏在地上，羅蒙諾在什麼地方我不知道，但是我肯定他絕不在移動。

他可能就在我的身邊！

但是我們兩人之間的距離究竟怎樣，那只有天才知道了。

不知過了多久，突然之間，我覺得我的面前，有東西在移動，那簡直可以說是一種直覺。而人的前額，對於這種直覺，特別敏感。你可以試試閉上眼睛，叫另一個人伸出手指，接近你的前額，手指還未曾碰到你，你的前額，便會有一種微癢感覺的。

我那時的感覺，便是這樣，我突然覺得，我的前額在微微發麻，便會有一種微癢發麻，有東西在接近我，而且離得我已經極近！

那不會是羅蒙諾，我心中自己對自己說，因為羅蒙諾絕不可能在移動之間絕不出聲的。而且，那也一定不會是龐然大物，因為龐然大物在接近人時，不會給人那樣的感覺。

什麼東西是細小而又在行動之間絕無聲息的呢？在這陰暗的地底秘室之中，又最適宜什麼東西生存呢？

我立即有了答案：蛇！

有一條蛇正在接近我！

霎時之間，我只覺得全身發起熱來！我知道這是十分不智的事情，因為蛇對熱度的感覺，特別靈敏。如果我保持着鎮定，那蛇可能游到我的面上，仍然不對我作攻擊。但這時候，我全身發熱，體溫陡然提高，那無異是叫在我面前的蛇快來咬我！

我明知這一點，但是卻沒有法子鎮定下來，這裏離沙漠並不遠，沙漠中的毒蛇……唉，我寧願離得如此之近的是羅蒙諾了！

我額上的汗，不住地流了下來。在毒蛇和羅蒙諾之間，我要作出一個選擇，我只覺得額上那種麻酥酥的感覺，愈來愈甚，那條蛇，離開我可能只有一兩寸了，我突然之間，失去了鎮定，發出了一聲大叫，向旁滾了開去。

也就在我滾開之際，震耳欲聾的槍聲，連串的火光，向我剛才伏的地方激射而出，我身上濺到了被子彈射碎的磚屑！

科學家說，人類的眼睛，能保持看到的東西十五分之一秒，此所以世上有電影這件東西。羅蒙諾響了六槍，那六槍是在同時間轟出來的，看到發槍的地方，我立即躍起身，發刀。在我發出刀來的時候，最後一槍的槍火，早已熄滅了，但是還有那十五分之一秒！

我刀才一飛出，便聽到了羅蒙諾怒叫聲，聽到了手槍落地的聲音。

我知道，我那一刀，正中在我要射擊的目標——羅蒙諾的右手——上，我自然不會再給他以抬起手槍的機會，我疾撲而出，身子撞在羅蒙諾的身子上，將羅蒙諾撞了出去。

羅蒙諾的身子，撞在牆上，我聽到了有骨頭斷折的聲音。剛才那一撞，是我的生死關頭，我自然不能不用力，將羅蒙諾的骨頭撞斷，我不會覺得遺憾。

我立即又趕了過去，將他的身子，提了起來，也不管是什麼部位，狠狠地加了兩拳，直到我覺出我提着的身子，已經軟得一點力也沒有時，我才將之放了下來，取出了打火機燃着。

我首先拾起槍，又拾起了電筒。電筒只不過是跌鬆了，並沒有壞，我略旋了一下，電筒便亮了，於是我又看到了那條蛇！

那是我生平見到的一條最大的眼鏡蛇，這時，牠盤着身子，昂着牠像鏟子一樣的頭，我吸了一口氣，向牠鏟子一樣的頭部，連發了三槍，蛇身「拍拍」地扭曲着，但牠已不能再咬人了。

我轉向羅蒙諾看去，不禁呆了一呆，我剛才的三拳，竟是多餘的了！

羅蒙諾的頭蓋骨，已經破裂，雙眼凸出，顯然在一撞之際，他便死了；我剛才那重重的三拳，是擊在一個死人身上的。我抹了抹額上的汗，又向依格已不成形的屍體望了一眼，苦笑了一下。我總算替依格報了仇了。

我俯身在羅蒙諾的身上搜索着，我找到了另一柄同樣的手槍。

這又使我出了一身冷汗，因為剛才，若不是羅蒙諾的頭部撞在牆上，立時死亡的話，那麼，他一定有時間抽出另一柄手槍來了結我的。人的生死之隔，只是一線而已！

我將他的手槍佩在自己的腰際，又在他的上裝袋中，搜出一本記事簿，那本記事簿很厚，特別配着鱷魚皮的面子，可知一定是一本十分重要的東西了。我略為翻了一下，看到記事簿中夾着一封信。信是由我來的地方寄出，寄到開羅一家旅館，交羅蒙諾收的。

我一看信封上的字，便可以看出是勃拉克的字迹。

我將記事簿和信，都放在我的衣袋中，然後我又回到了那第七間祭室之中，將那石壁上的奇怪象形方字，一齊描了下來。

這又花去我不少時間，所以當我出了七間祭室，穿過了那條通道，又來到了井底之際，我已經看出，天色已經微明了。

我記得我曾和王俊約好，如果天亮了，仍不見我到工地去找他，他便會來接我的。

我此來，為的是要求那能發出透明光的物體之謎，以及求取被那種透明光照射過的人，有沒有復原的可能的。我已經到過了我所要到的地方，但是我卻並沒有達到目的。

只不過，也有可能，我所要達到的目的，已經達到了，因為這時，我還不知道我抄下來的那麼多象形文字，是代表什麼？

可能在這片文字中，詳細地記載着一切，記載着我所要知道的一切。我決定先出去，和王俊會合了再說，而且，事實上，我也需要休息了。

我爬上了井，沿着來時的記號，向廟外走，不一會，我已來到了廟門之外，我看到王俊正好駛着那吉普車向大廟而來。在我面前，還跟着一輛大卡車，我心中暗想：難道他已報警了？

王俊的車子，先到了石階前，他向我招手，我奔下了石級，等到我奔到了王俊的身邊時，那輛卡車也已經停下來了。我看到卡車上的，全是工程人員，也沒有再加以注意。

我上了車子，道：「需要好好休息一下了。」

王俊一面開動車子，一面道：「那飛機駕駛員受了收買，羅蒙諾和依格，已經到工地了！」

我嘆了一口氣：「我知道，我都見過他們，他們也都已死了。」

王俊吃了一驚，車子向外，急促地斜了出去。幸而是在曠野，如果是在都市中的話，這一下也早已闖禍了。

他一面將車子馳入正道，一面問我：「死了，他們是怎麼死的？」

我以手托額，道：「依格是死在羅蒙諾之手，我替依格報了仇。」

王俊嘆一口氣：「衛斯理，你殺了一個數學天才！」

我搖了搖頭：「不，我殺的是一個最可怕的犯罪天才。」

王俊固執地道：「但是，他也是數學天才！」

我道：「他可能對數學有相當深的認識，但是他真正的數學知識，絕不會在一個普通的大學教授之上！」

王俊駁斥我道：「胡說，誰都知道，羅蒙諾是一個最有資格得到諾貝爾獎金的人，只要他的新着作問世就可以了。」

我冷冷地道：「那麼，他的新作，為什麼還不面世呢？」

王俊道：「一部天才的數學着作，是需要時間的，你當是你麼？一個小時可以寫幾千字。」

我心中不禁有氣：「王俊，你實行人身攻擊麼？我告訴你，我殺死的不是羅蒙諾教授！」

王俊道：「不，我已經查過了，羅蒙諾教授來埃及訪問，你殺的正是他。」

我聳了聳肩：「好，我問你，羅蒙諾教授是什麼地方人？」

王俊道：「他是烏克蘭人，是一九一七年之後，離開俄國，到德國去居住的，第二次世界大戰爆發時，他經過盟軍特工人員的協助，到了英國，第二次大戰結束後，他曾經回到德國，但住了不到半年，便到東方來，一直住了下來。」

我笑道：「你對他的歷史，竟這樣熟悉？」

王俊嘆了一口氣：「雖然他害得我幾乎死在沙漠，但是我仍是他的崇拜者。」

我拍了拍他的肩頭，道：「我相信毛病就出在戰後，羅教授回到德國的那一段時間，有一個一定和羅蒙諾酷肖的德國人——我肯定他一定是德國的特務——冒充了他，到了東方，真正的羅蒙諾早已死了！我殺的，便是那個德國人！」

王俊的腦中，顯然裝不下這種事實，我一面說，他一面搖頭。

我只好道：「好了，我會通知國際警方調查這件事的，我得了羅蒙諾的一本記事簿，你看看，上面寫的，全是德文！」

王俊道：「他是在德國居住了許久，自然是寫德文了。」

我將記事簿取了出來，隨便翻了一頁，看了幾行。我自得到這本記事簿之後，還沒有看過，這時，我隨意看上幾行，便令得我目瞪口呆！

那本記事簿上所記的，全是日記，但也不是每天都記的，記的只是大事。

第十五部

象形文字之謎

我看到那幾行是：「收到了×××方面交來的百萬美金，殺一個人的代價不算低了，尤其是×××這個臭豬，他的命值那麼多麼？勃拉克會做好這件事的。」

這裏，這隱去的前一個名字，那人還在世上，是一個美洲國家的名人，報紙上是時常有他名字的。後一個人，已經死了——當然死了，因為勃拉克是很少失手的。那人也是一個名人，是前一個人的政敵。這是一樁卑劣的政治暗殺，如果公布了出來，對那個國家的影響，實是可想而知的。

我知道我握着的這本記事簿中，不知有着多少這樣的記載！

我的手心，不禁在隱隱出汗！

我如今所掌握的，可以說二次世界大戰結束之後，世界各國政治上暗殺的全部紀錄！這樣的一份紀錄，當然會有不少人想得到它的。

如果我是依靠勒索為生的人，那麼我得到了這樣的一本記事簿，無異等於開到了一座金礦！

但是我並不是靠勒索為生的，那麼這本記事簿，就會替我帶來災害了。

我合上了簿子，好一會不出聲，王俊的駕駛技術不怎麼好，車子反常地顛簸着，而我的思潮，也同樣地不寧。最後，我決定將這本記事簿毀去，甚至不去看它。

因為這本記事簿中所記載的一切，實在太醜惡了，它絕無保留地暴露出人性最醜惡的一面！一個素有賢名的政治家，他的冠冕堂皇的言論，在全世界的報章上傳播着，他有着崇高的地位，受人所尊敬。但是，這點是表面的情形，背後是什麼呢？他為了取得他目前的地位，曾經使用過一切卑鄙的手段，包括買兇殺人這樣的事在內！

我沒有心思去注意沿途的景物，因為我被那些醜惡之極的事情，弄得心中極不舒服。直到我發覺，我已被各種各樣的機器聲所包圍時，我才如夢初醒地打量四周圍的情形。

車子已經駛到工地了，而且已在工地辦公處的簡陋建築前駛過，駛向工程人員的宿舍，那是一種活動房屋，王俊由於職位較高，他自己有着一幢這樣的房屋。房屋的外形不怎樣好看，但是裏面的設備，倒十分齊備。

王俊領我進去，和我默默相對了片刻，才嘆一口氣道：「衛斯理，或者我錯了，你知道我十分衝動的，不怪我吧？」

我笑着，在他的肩頭上拍了拍：「你去忙你的吧，我要好好地休息一下。」

王俊不好意思地笑了笑，走了出去，我看着他向辦公室走去，便立即取了一隻瓷盤，又找到了汽油，淋在那本記事簿上，點着了火，將記事簿燒成了灰。

然後，我才坐了下來，當然，我沒有將勃拉克的信也燒去，我將他的信抽了出來，只看到一半，我便忍不住哈哈大笑起來！

在我和傑克兩人，一知道冷血的勃拉克已經成為隱身人之後，傑克也感到了極度的驚惶。因為勃拉克本來就是一個危險之極的人物，他變得人們再也看不到他，那不是更加危險難防了麼？

可是，有時事情是不能以常理推度的，這時，我看了勃拉克給羅蒙諾的信，才知道我和傑克的驚惶，全屬多餘！

我一面笑，一面將信看完，才知道羅蒙諾到埃及來的目的，和我完全一樣。

我是為了來尋找使王彥和燕芬兩人復原的方法，羅蒙諾則是來尋找勃拉克復原的方法。或許羅蒙諾比我更具野心，說不定他要尋找一個隱現由心的法子。

羅蒙諾已經死了，他當然沒有法子達到他的目的了，我呢？我是不是能達到目的呢？這時候，我連自己也不能肯定。

下面是勃拉克的信：

「赫斯：（勃拉克稱羅蒙諾為「赫斯」，這證明我的推斷沒有錯，赫斯是一個十分普通的德國名字，當然這也不會是他的真名字，但卻已可以肯定，他是一個德國人，而不是真的羅蒙諾教授。）

將×××方面交來的那筆錢退回去吧，我沒有法子幹這件事了。本來，這件事是輕而易舉的，我們的目標竟不顧一切警告而離開了他的國家，可是我竟沒有法子接近他。

你或許在奇怪，我不是成了隱身人了麼？怎麼反而不能執行任務呢？赫斯，你想想吧，我不能佩槍了，是的，我不能佩槍，我一佩上了槍，人家看得到槍，卻看不到我，這會引起怎樣的後果？而我又不能衝向前去，將我要殺的人扼死，我完了，赫斯，我們的生涯已經結束了！

我到機場去過，離我的目標極近，但是我沒有下手，我的心中很害怕，我怕被人知道、被人發覺，你要知道，多少年來，槍簡直是我身體的一部分了，和我的一隻手，一隻腳一樣，但是忽然之間，我的身體卻背叛了槍械，我的身體變成透明了，但是槍械卻還是槍械，若是連槍也能隱去，那該多好啊。

我甚至沒有法子穿衣服，我知道人家看不到我，但是我——唉，赫斯，我說出來你也不會明白的，在人人都穿着衣服的情形下，你去赤身露體，你可有這樣的經驗麼？

（我就是看到這裏，而忍不住哈哈大笑起來的，可憐的，赤身露體的勃拉克！）

我希望你快些能得到結果，我要成為一個普通人，人家可以看得見的人，我不要整天悶在屋中，我要到外面去走動，你知道麼，有一次，我去看電影，有一個冒失鬼，竟向我的身上，坐了下來，當我將他推開的時候，他面上的神情，我實是畢生難忘，但是我卻再也不敢去看電影了。

我本來不是這樣囉唆的人，這封信卻寫得這樣長，赫斯，你要知道，我心中害怕！

勃拉克」

勃拉克的信中，充分表現出了他心靈上的那種恐懼。

本來，他是一個殺人不眨眼的冷血動物，是一個膽大包天的兇徒，可能他根本不知道什麼叫害怕的，但如今，他卻整天生活在恐懼、絕望之中了！

這是給勃拉克的最適當的懲罰了！看完了信，我在王俊的牀上，舒舒服服地睡了一覺。等我醒來，王俊在我的身邊。

我笑了一下：「我想回開羅去了。有飛機麼？」

王俊道：「有的，就是我們飛來的那一架。」

我吃了一驚：「同樣的駕駛員？」

王俊道：「我已經告訴過你，那兩個駕駛員，被羅蒙諾收買了，他們不知得了多少好處，一到工地，立即辭職了！那架飛機，現在停在臨時機場上，要等開羅來的新駕駛員來了，才能飛行。」

我想了一想：「或者我能試試將這架飛機飛到開羅去。」

王俊道：「如果你能的話，實在太好了，有兩個高級人員，正因為回不了開羅，而在急得跳腳哩！」

我道：「好，請你去為我安排這件事。」

王俊走了開去，一小時後，他回來，告訴我一切都準備好了，他勸我不要夜航，但是我卻心急得不得了，我跟着他到機場，我的兩個乘客，又心急要回開羅，又以懷疑的眼光看着我。

我想起了我來的時候，那個美國機師說的話，便也對這兩個人道：「祈禱吧！」

那兩個人面色灰白地上了機，一個還在問我：「你沒有副機師麼？」

我不去睬他們，鑽進了駕駛室，那是一架舊式的飛機，我是會操縱的，困難的只是航線不熟，而且又是夜航。

但這個困難，卻可以藉着和開羅方面，不斷的聯絡而克服。

飛機並沒有什麼毛病，當它在開羅機場上停了下來之後，我特地去看那兩位乘客，他們的臉色仍是白得可怕！

我回到了酒店，休息到天明，所謂「休息」，實際就是坐着，研究我在那第七間密室的石壁上，描下來的那些象形文字。

可是經過一夜的努力，我卻一無所得。

我看着街道上，天色一亮之後，便已有了匆忙的行人，我和當地的大學聯絡了一下，知道有一位葛地那教授是研究古代文字的專家，我通過他的秘書，和他定下了約會的時間。

上午十時，我已經在葛地那教授的辦公室中，和他見面了。

葛地那是一個英國人，但是他在埃及居住的時間，比他在英國居住的時間更長，以致他的膚色看來像是埃及人了。他甚至自認埃及才是他真正的故鄉。

我走進了他的辦公室，他正埋首在一大堆古籍之中，在編撰他的講義，有兩個女秘書在他的身旁速記着他不時發出來的話，那全是專門之極的研究結果。

我約莫等了七八分鐘，葛地那教授才抬起頭來，推了推眼鏡，向我望了一眼：「年輕人，據說你有事要我幫助？」

我忙道：「是的。」

葛地那向亂堆在他書桌上的古籍一指：「你也可以看出我很忙，你想要什麼，直截了當地說吧。」

我連忙自袋中取出了那張描有象形文字的紙來：「我在一間古廟之中，找到了這些古文字，我相信這些文字，和一件十分玄妙的事情有關，而我看不懂，所以想請你來讀懂它。」

葛地那教授十分感興趣，站起身來，將我手中的紙頭，接了過去。

可是幾乎是立即地，他的面上，現出了怒容，他抬起頭來，手揮動着紙頭，大聲道：「年輕人，你這是什麼意思？」

我吃了一驚，還當自己拿錯了別的紙片給他。但是當葛地那教授在揮動着那張紙頭之際，我看得清清楚楚，那紙頭上滿是我從壁上描下來的象形文字。我不知道他為什麼突然發起怒來。

葛地那教授繼續揮動着紙頭：「你以為我對於世界任何地方，任何民族古代的象形文字，都是精通的麼？你何不取一些中國古代的甲骨文來給我看。」

我等他發完了脾氣，才指着那張紙：「教授，這上面的文字，的確是我從埃及的一座古廟之中據實描下來的。」

葛地那教授呆了一呆，望了我幾眼，又將那張紙湊到了眼前，看了一會：「你可以告訴我，那個古廟是在什麼地方麼？」

我忙道：「就是在全埃及最大的水庫工程的旁邊，我們可以——」

本來我想說「我們可一齊看」的，但是我話未曾講完，立即便想到，那座廟被炸毀了，我苦笑了一下：「可是這座廟已經被炸毀了！」

葛地那教授的面上，更現出了怒容，他一揚手，將那張紙拋回了給我：「年輕人，你要浪費你自己的時間，我絕不反對，但是你不要來打擾我！」

我連忙道：「你不信我的話麼？」

葛地那教授已坐了下來：「我沒有法子相信，那座廟是埃及最秘密的廟宇之一，在它被毀滅的命運決定之前，我和幾個著名的學者，曾經組織過一個觀察團，我們幾乎將這座廟的每一個角落，都通過攝影的方法，拍成了照片。你知道，我們沒有法子保存實物，便只好保存軟片了——」

他講到這裏，略頓了一頓，又道：「但是，我們之中，卻沒有一個人發現有這些文字的，年輕人，你的謊話未免編得太妙了。」

我強忍心頭的怒火，因為我未曾想到他竟是這樣一個固執的人。

我乾咳了兩聲，以掩飾我的尷尬，才道：「那麼，教授，你可曾聽過『索帕族』這個族？」

教授幾乎是不加思索，便斷然地道：「沒有。埃及古族十分複雜，尤其是在沙漠中的民族更多，但我可以肯定，沒有索帕族，或者說，到現在為止，還未曾發現過有索帕族——」

他講到這裏，面色突然一變，伸手托了托眼鏡，自言自語道：「索帕族？索帕族？」

他喃喃地唸了幾遍，立即吩咐女秘書，道：「裘莉，你到圖書館中，將那本『古埃及海外交通資料彙編』替我取來。」

我連忙道：「教授，你發現了什麼？」

葛地那教授又推了推眼鏡：「我記起了，我曾經看到過『索帕族』這個民族的，等這本書來了，我可以給你看書上有關索帕族的記載，但據我的記憶所及，那本書上似乎只是有提到過一次而已。」

我又忙問道：「教授，你剛才說那座大廟是埃及最神秘的一座大廟，那是什麼意思？」

教授像是已不將我當作一個搗蛋者了，他略想了一想，道：「據我們考證的結果，這座神廟的建立，是在埃及的全盛時代。那時，埃及境內建立了不少神廟，都是規模宏麗之極的，所祭祀的神，也全是當時所信奉的神，但只有一座卻是例外。」

我問道：「那座廟是祭祀什麼神的？」

葛地那教授搖了搖頭：「奇怪得很，這座廟所祭祀的神，叫作『看不見的神』，我們無法在埃及的歷史上，找到有這樣的一個神曾被埃及人所信奉過。但是，卻又的的確確有這樣的一座廟在，而且，那座大廟，絕不是民間自己的力量所能建造得起來的，一定是法老王下令建築的——」

他搔了搔頭皮：「這更令人大惑不解了，埃及的法老王，一直認為自己就是人民所供奉的神的化身，他是絕不會容許人們去祭祀另外一種神的。但是那法老王，卻建造了這樣的一座大廟！」

我在聽到了「看不見的神」之時，心中便有了一個奇怪的念頭。

所以，當教授講完之後，我便道：「教授，你想，是不是在當時，真的有幾個『看不見的神』，降臨埃及境內，所以才使得埃及人為之建立一座神廟的呢？」

葛地那教授瞪着我，他面上的神氣，分明以為我是一個瘋子！

但是，我卻知道我所料的不錯，「看不見的神」，事實上是「看不見的人」。事情的來龍去脈，已經漸漸地有了頭緒了。

印加帝國在覆滅之後，大約還有幾個人，帶着那隻黃銅箱子，箱子中放着那塊能放射出那種奇異光線，使得人變成隱身人的礦物，到世界各地去尋求復原的方法。

我假定他們終於來到了埃及，他們的身子是看不見的，那當然震驚了埃及人，於是，便為他們造起了那座大廟。我再假定，依格正是他們的子孫，但是何以他們的子孫可以一直流傳到如今呢？當然，他們是在埃及找到了復原的辦法的。

他們找到復原的經過，可能全在我所描下來的那些象形文字之中，但是如今卻連葛地那教授也看不懂那些象形文字！

我吸了一口氣：「教授，那麼，你可知道在這座大廟中，另外有七間秘密祭室，專是為索帕族人所設的麼？」

葛地那教授哈哈大笑了起來：「我聽說過，當然聽說過，一個叫依格的瘋子，逢人便說他的故事，還說有一隻製作精巧的箱子，要以兩百鎊的價格，賣給所有願意買的人！」

我聽了葛地那教授的話後，不由自主，嘆了一口氣。

可憐的依格，他的話，竟根本沒有人相信。當然，他是在實在沒有人相信的情形下，才將兩百鎊的索價，減為六十鎊，這才找到了王俊作為他的主顧的。

我苦笑着：「那麼，你不信他的話了？」

葛地那教授重複地道：「瘋子，瘋子！」

我不知道他是在罵我，還是在罵依格。

就在這時，女秘書已經捧着三冊的書，回到了辦公室中。葛地那教授取過了其中的一本，翻了幾頁：「你看，在這裏。」

我湊過身去，只見有一幅圖片，是一塊碎石頭，石頭上刻着幾個古埃及文字，我自然看不懂，但在圖片之下，卻已有說明，那幾個字，是「索帕族人帶來了看不見」的意思。

當然，這不是一句完全的話，因為這塊石頭，根本不是完整的。

在下面，還有着那塊石頭來歷的註解，說是在一八四三年，有一隊阿拉伯商隊，在穿過大沙漠的時候，發現了一座孤零零的金字塔，一個隨隊的英國人，敲下了這塊石頭來，帶到了開羅。

那個英國人，一到開羅，便發熱病而死，於是人們便認為他是損及了金字塔，因而中了古代的咒語而死去了，以後也一直沒有人再提起過這座金字塔。

直到本世紀，考古學家掀起了金字塔狂熱，才有人想起了那座金字塔，但是有人，根據了那英國人的日記中所記載的方位，組隊去尋找，卻並沒有找到，或許那座金字塔已被黃沙所淹沒了。那本書的附錄中，有着這個英國人的日記，上面將那座金字塔的方位，記得十分詳細。

至於那塊帶回來的石頭，上面的古埃及文字，已被翻譯了出來，是「索帕族人帶來了看不見」幾個字。

由於這本書，是專門研究古埃及和其他民族交往的歷史的，所以作者便認為，在古代，至少有一個「索帕族」到過埃及。

但是「索帕族」卻是查考不到，不知是什麼民族，那本書的作者說，希望有人能夠再發現那座金字塔，那麼，對這件事當可有進一步的了解資料了。

那三厚冊資料的彙編者，顯然對這件事，也不是怎麼重視，故它所佔的篇幅也不多。葛地那教授看過之後，居然記得，他的記憶力的確令人佩服。

我將書合上：「好，我已又得到了不少我所要得的資料了。」

我又拿起了那張紙：「教授，你認為這一定不是埃及古代文字？」

葛地那教授斷然道：「不是。」

我存着最後的希望：「那麼，你可知道，這是什麼地方的文字？」

葛地那教授瞪着我：「你以為一個研究埃及古代文字的人，便能叫出所有象形古怪的名稱麼？」

我又碰了一個釘子，只得苦笑了一下：「好，那我告辭了。」

葛地那教授揮了揮手，重又去作他的研究工作去了。

我退出了他的辦公室，在門口站了一會，才低着頭，在走廊中，向前慢慢地走着。

我想不到我來拜訪葛地那教授，也一樣解不開這些象形文字之謎。

但是我卻又有了意外的收穫，因為我知道，在沙漠之中有一座金字塔，是和索帕族人有關的。那塊石頭上的字是「索帕族人帶來了看不見」，我相信原來全句文字，一定是「索帕族人帶來了看不見的神」。那更證明我以前的假定不錯了。

但是，那又有什麼用處呢？

已經過去很多天了，在那小孤島上等我的王彥和燕芬兩人，將一切希望寄託在我的身上，然而到如今為止，我得到什麼呢？

我不禁苦笑，直到我走出了走廊，陽光照在我的身上，我才抬起頭來。

下一步，我該怎麼樣呢？

當然，我應該去設法弄懂那些象形文字的意義。然而，誰能夠幫助我呢？

我站在走廊的盡頭，望着在校園中走動着的大學生，我的心中，只感到一片茫然，不禁深深地嘆了一口氣，這幾年來，一切冒險，對我來說，實在太順利了，如今看來我要遭受到一次重大的挫折了！

第十六部

失蹤的金字塔

雖然我已經將那能放出「透明光」的奇異礦物的來龍去脈弄得相當清楚，但是那又有什麼用呢？我的目的並不是在研究古印加帝國何以會突然消失之謎，而是要找出那種「透明光」照射過的人，如何才能復原的辦法。

調查的進行，似乎一直都很順利，但是到了要解開那些古象形文字之謎的時候，我觸了礁，擱了淺！

我懷着沉重的腳步，出了大學的校門。

在以後的三天中，我藉着現代交通工具的方便，出入於埃及着名的古老的寺院，尋訪寺院中的僧侶，希望他們之中，有人能認出那些象形文字來。

因為我知道，在埃及的寺院中，不乏有學問的僧侶，他們對於古埃及文字的研究，成績只怕絕不會在葛地那教授之下的。

在每一間寺院，我都受到僧侶有禮貌的接待，甚至年紀最老的長老，也出來接見我。

但是，我所得到的答案，幾乎是一致的：「我們不認得這是什麼文字，這可以說不是古埃及的文字。」

三天下來，我幾乎是失望了，我整天將自己鎖在房間中，我已經決定，如果我實在找不到解答這些象形文字之謎的話，那麼我便決定離開開羅了。我將自己關在房中，便是想在那些象形文字之中，找出一些頭緒來。

但是我卻愈看愈是頭痛，當我看得久了時，那些奇形怪狀，扭扭曲曲的怪文字，就像是一個個小魔鬼一樣，在我眼前不斷地跳躍！

我長長地嘆了一口氣，站了起來，才記起我自己一天沒有吃飯了。向窗外看去，暮色使神秘的開羅，更添神秘。

我按鈴召來了侍者，吩咐他為我準備晚餐。侍者退了出去之後不久，又敲門進來。

我懶洋洋地望着他：「我似乎沒有再叫過你！」

侍者滿臉堆下笑來，道：「舍特，先生，叫我舍特。」

我十分不耐煩，道：「什麼事？你不妨直說。」

舍特仍然笑着，道：「我沒有事，有事的是你，先生。」

我跳了起來，舍特向後退出了一步，道：「先生，你今天一整天未曾出門，那不是說你正有着極大的煩惱麼？先生，舍特自己雖然不能代人解決煩惱，但是卻會指點人們消除煩惱之路！」

我揮了揮手：「走，走，我不是到開羅來看肚皮舞的。」

舍特仍然不肯走，他雙手捧在胸前，作表情十足之狀：「噢，先生是中國人，中國和埃及是同樣古老的國家，是同樣有着許多神秘的物事的。」

我終於給他的話，打動了我的心，道：「你知道開羅有什麼神秘的物事？」

舍特搓着手，興高采烈地道：「多着啦，多着啦。」

我道：「愈是古老，愈是好。」

舍特點着頭，道：「在一個遊客不經指點，絕對找不到的地方，有着一個能知過去未來的星相家隱居着，他——」

舍特未曾講完，我已經揮手道：「別說下去了，我相信那星相家的住所，本地人是絕不會去的，去的全是遊客！」

舍特的面上，紅了起來，現出了尷尬的神色，他接着又說了幾件所謂「神秘」的玩意兒，但都不外是騙遊客錢財的把戲。

我不耐煩地趕了他幾次，可是他卻仍然不走。突然，他以手加額，道：「不！你一定不是要追尋那失落的金字塔！」

我呆了一呆，道：「失落的金字塔，什麼意思？」

舍特張開了手：「整整的一座大金字塔，在沙漠中消失了，整個埃及，只有一個人知道這件事的來龍去脈，你可是要聽聽那神秘的故事麼？」

我心中陡地一動：「在哪裏可以聽到這故事？」

舍特搖頭道：「啊，我不應該提起這件事的，先生，你將它忘記算了吧！」

這是十分拙劣的手法，故作不言，以顯神秘，但目的無非是想要更多些賞錢。我取出了一張五埃鎊的鈔票：「你說吧！」

想不到舍特這個胖子，卻立即漲紅了臉，大聲道：「先生，你以為我貪什麼？」

我瞪了他一眼，道：「你還不是想得到錢麼？」

舍特現出極度委曲的神情來：「為什麼每一個人都以為我要錢，而沒有人知道我是為了不使外國人感到在我們埃及枯燥乏味？」

我聽了他的話，不禁肅然起敬，忙道：「舍特，我向你道歉。」

舍特搖着手：「先生，剛才我講的話，你不要記得。我在五年中，已曾先後指引五個百般無聊的遊客，去聽那失蹤金字塔的故事，那些遊客聽了之後，便到沙漠中去了，但是他們卻沒有再回來。據說，那人的故事，有一種神秘的力量，會不由自主要到沙漠中去尋找那座失蹤金字塔，我已發誓不再向人提起的了。」

我在一聽到舍特，提起「沙漠中失蹤金字塔」之際，我便想到了在葛地那教授讀到的那一段有關「索帕族」的記載來。

那段記載之中，便提到一座金字塔，在沙漠之中，失去了蹤迹。

金字塔的失蹤，自然不是金字塔生腳跑走了，而是大沙漠之中，每一天，每一小時都在發生着的變遷，使得它湮沒了之故。它可能被埋在百丈黃沙之下，也有可能，金字塔的塔尖，離沙面只有幾寸，我知道那座金字塔，是和索帕族有關的。

舍特所說的那座失蹤的金字塔，是不是這一座呢？

我覺得我在絕望之中，又看到了一線光明！

我連忙道：「舍特，那個能講神秘故事的人，在什麼地方，你快告訴我！」

舍特忙道：「先生，我求求你，聽完了之後，你千萬不要與以前那五個人那樣，到沙漠中去，再也不回來了，你先要答應我！」

我拍了拍他的肩頭，道：「舍特，我很抱歉，我沒有法子答應你。如果我所要尋找的東西，和那能說出神秘故事的人所說吻合的話，那麼我就一定要到沙漠中去尋找那座金字塔的！」

舍特嘆了一口氣，自言自語地道：「我真不明白，為什麼人們總要冒着生命的危險，去追求其他，要知道只有生命才是最寶貴的東西！」

我不去理會他：「你快找人帶我去。」

舍特瞪大了眼睛：「先生，你剛才吩咐下去的精美的晚餐——」

我道：「你將晚餐推來了之後，就在這房中將它吃了吧！」

舍特吞了一口口水：「多謝了，多謝了，我們有一句話，道：一大堆黃金，不如一大堆可口的食物，我去找人帶你去！」

他跳着肥胖的身子走了出去，不一會便帶着一個十分瘦弱的埃及少年來，那埃及少年站在門口，不敢進來。舍特指着他向我道：「這是我的姪子薩利，他會帶你去的。」

我走到門口，在薩利的肩頭上拍了拍，表示友善：「好，我們走吧。」

舍特在我背後道：「先生，你可允許我的妻子，和我一齊來享受你所賜的晚餐麼？」

我笑道：「當然可以，願你們好好地享受！」

舍特笑得雙眼合縫。我和薩利，走出了酒店，薩利十分沉默，一路上一言不發。天色愈來愈黑，我不知道自己來到了開羅的哪一角落。只覺得所經過的地方，實是簡陋得可以，那些大酒店、大夜總會，不知跑到什麼地方去了。我所經過的地方，甚至連街燈也沒有，只是黑沉沉的一片。

薩利十分熟悉道路，在岔路口子上，他毫不猶豫地向應該走的路走去。約莫過了大半個小時，我已經飢腸雷鳴了，恰好經過了幾個熟食檔，我買了兩大卷熟餅，熟餅檔主人在餅上塗抹着一種黑色的醬汁，也不知道是什麼東西。

我遞了一卷給薩利，薩利也不客氣，和我一面走，一面大嚼起來。那種黑色的醬汁有着一種又鮮又辣的味道，可口到了極點（遺憾的是，到如今為止，我仍不知這樣可口的東西的名稱和它的成分！）

等到我們兩人吃完了熟餅，薩利向一條暗巷指了一指，我向前看去，那條暗巷的兩旁房屋，高而且舊，而那條巷子極窄，一股陰霉的味道，從那巷子中傳了出來。

我向薩利作了一個手勢，詢問他這裏是不是已經是目的地了，薩利用簡單的英語回答我，道：「是的。」

我跟着薩利，走進了那條巷子，我敢肯定，如果有外國人走進過這條巷子的話，那麼我一定是第六個。

以前的五個人，都已經消失在沙漠之中了，而導致他們消失的開始，就是經過了這條暗巷，這條暗巷，看來倒當真是一頭碩大無朋的怪獸的喉管，可以將人一直送到胃中，將之消化掉，一點痕迹也不留！

我一步一步地數着，數到了四十二步，便到了暗巷的盡頭。

薩利向右轉去，我跟着轉過去。

一轉過去，便可以看到一點微弱的燈光。我看到在前面，有着一間簡陋到難以形容的小屋子。

那小屋子根本沒有窗、門，只是有着一個門形的洞，供人出入。

從那個算是門的洞中看過去，我可以看到一個老人，正伏在一張桌子上，在數着一些玻璃瓶、洋鐵罐頭。

這些東西的來源，自然是垃圾桶了。我不禁搖了搖頭，但是薩利已向前走去，我沒有法子，不得不跟在他的後面。

我們兩人先後進了那門形的洞，那老者仍對着油燈在照看着一隻玻璃瓶，像是那瓶中藏有天方夜譚中的妖魔一樣。

薩利上前叫了那老者一聲，那老者才抬頭向我看來，想不到他居然能說英語，道：「先生，你想要什麼？」

我趨前一步，站着，我沒法子坐，因為屋中只有一張斷腳椅子，那老者自己坐着。

我道：「聽說你知道一個金字塔在沙漠之中，神秘失蹤的故事？」

那老者坐直了身子，那張他坐着的斷腳椅子，也因之而搖了一搖，他道：「你想知道麼？」

我點頭道：「我就是為這件事而來找你的。」

那老者滿是皺紋的臉上，現出了一個十分討厭的笑容來：「我可以向你索取一些報酬麼，先生？」

我道：「可以，你要多少？」

那老人湊過頭來，道：「一鎊怎麼樣，先生？」

我幾乎可以聽到那可憐的老者的心跳聲，對他這樣生活的人來說，一鎊的確是十分巨大的數字了。我不願意表示得太痛快，我來回踱了幾步：「我怎樣才能知道你的故事，可以使我滿意呢？」

那老者搓了搓手：「先生，你一定會滿意的，因為每一個人都滿意，我雖然不識英文，也不識那種古怪的文字，但是我知道，先生，你既然是來探索秘密的，你就一定會滿足。」

我想了一想，道：「你的意思是，你所知道的故事，並不是由你講出來，而是你向我出示一種記載來取信於我，是不是？」

那老人連連點頭：「不錯，正是那樣。」

我取出了一埃鎊，交到那老者的手中，又取了幾枚輔幣，給了薩利。薩利向我鞠躬而退。那老者將一鎊鈔票就着燈火，翻來覆去地看了好一會，才將之摺成一小塊放好，他退開了一步：「先生，你自己看罷，隨便你看多少時候！」

他在叫我看，但是他卻沒有拿出任何東西來。霎時之間，我以為那是一個低能到了這種程度的騙局！但是我立即看到那老者伸手指着那塊他用來當作桌子的大石，而我也看到，在他指的這一面上，刻滿了文字！

我心中陡地一動，拿起那盞油燈來，湊近去，只見上面所刻的文字，全是我所看不懂的古埃及象形文字。那塊大石缺了一角，我立即可以斷定那缺了一角，就是我在那三厚冊巨書中曾看到照片的，上面刻有「索帕族人帶來了看不見」十個字的那一塊。

我的心劇烈地跳動了起來，現在我至少知道了進一步的事實了。當年，在沙漠中發現了那座金字塔的英國人，一定不是只取下了金字塔上的一塊石角，而是搬來了一大塊石頭。

那一塊大石，就是我眼前的這一塊。不知是為了什麼原因，這一塊大石竟會湮沒在這樣骯髒的地方！而那塊大石上斷下的一角，卻被當作寶貝，放在博物館中！我準備將那些象形文字抄下來，去交給葛地那教授翻譯，但是我隨即發現，這是多此一舉，因為在那些象形文字之下，還刻着英文。英文字刻得十分淺，可見刻的時候，十分匆忙，大約因為年代久遠，有幾個字已經剝蝕了，要憑藉猜測，才能知道它們是什麼字眼。

我一口氣將那些刻在石上的英文看完，不禁深深地吸了一口氣，站住了作聲不得。

如今我知道，為什麼以前五個外國遊客在到了這裏之後，便直赴沙漠了。的確，正如舍特所說，這件事的本身有着一種神秘的力量，使得任何知道這件事的人，都要去進一步探索它，即使明知大沙漠是吃人不吐骨的兇魔，也都要去。

我將那塊大石上的英文譯成中文，那些英文，當然是翻譯了石上的古埃及象形文字的。

「索帕族人帶來了看不見的神，使得宮廷大為震驚，在真神之外還有別的神，法老王下令將這件事保守極端的秘密。索帕族人自稱來自極其遙遠的地方，有一天，自地底射出了無限量的光，使得他們全族，都變成了看不見的神。神的本身並不快樂，他們要尋求凡眼可以看到他們的方法，他們在全世界都找不到，但是在偉大的埃及，他們找到了。他們愉快地在埃及住了下來，神和人本是一體，這證明法老王也是神的化身。索帕族人將可以隱身的方法，陪着他們的首領下葬，他們不要他們的子孫再變為看不見的神。」

我的翻譯或者不怎麼傳神，但是我已經盡了最大的能力了，英文原文更要詰屈聱牙，我相信那是古代文字缺乏的結果。

在那個金字塔中，藏着隱身的方法！來自南美平原，遭到了透明光的照射，而成為透明人的索帕族人，在埃及找到了使他們復原的法子。他們並沒有再回南美去，就在埃及住了下來，傳宗接代，直到如今的依格。

無怪那座金字塔不受考古學家的注意，在歷史上也根本沒有記載了。因為它裏面葬的，根本不是埃及的君王，而是遠在數十萬里之外，南美洲古印加帝國的君王——索帕族的首領。

我不能平空想像幾千年之前所發生的事，但我想當時的埃及法老王，一定利用了索帕族人全身透明這一點，來證明過他人神合一的理論，而鞏固過他的統治寶座。我更相信，當時的埃及法老王一定曾因之得過不少好處，所以他才為索帕族人建了那座大廟，又為死了的索帕族領袖建造了金字塔。

由於這一段事，在當時被嚴守着秘密，所以到今日，在歷史上根本已無可查考了！

然而那塊大石卻留了下來。它告訴人們，隱身法並不是幻想，不是不可能的事。

早在幾千年之前，已經有了隱身人，並且也有了可以使隱身人恢復被凡眼看到的辦法。也就是說：人可以隱現由心——可以成為真正有「隱身法術」的人，只要他能夠找到那座金字塔，並進入那座金字塔的話。

這實在是一個大得無可再大的誘惑，試想，一個人若是掌握了隱身法，他能夠做多少平時不能夠做的事情！就算不為王彥和燕芬，我看到了這塊大石上的文字之後，我也會毫不猶豫地到沙漠中去，去找那座失蹤了的金字塔的！

我更可以想像，當年的那個英國人，在翻譯了石塊上的古埃及象形文字之後，他一定也準備再去那座金字塔的，但是他卻不幸得了熱病死了。

如果不是這個英國人不幸得到熱病死亡的話，那時，那座金字塔還未曾湮沒在黃沙之中，他一定可以輕而易舉地進入那座金字塔，而人類早在兩百年前，便可以知道有隱身法這件事，而不必等到今天了。

我心中忽發奇想：如果隱身法早已成為普遍的事情，那麼，近兩百年來的歷史，是不是會完全不同了呢？歷史是不是會不同，實是難料，但是不會再有暴君，卻是可以肯定的事。

誰還敢當暴君呢？千百萬人民之中，任何一個都可以藉隱身法的幫助而將暴君除去！當老百姓有隨便除去君主的能力之後，所有的君主，一定會竭力討好老百姓，而絕不會成為暴君！

我呆站在大石前許久，那老者才向我道：「你滿意麼？」

我點了點頭：「我滿意。」

我抬起頭來，看到他面上現着一種將我當作傻瓜的笑容。

我立即問道：「你是知道那大石上所刻的文字和內容的，是不是？」

那老者道：「我……有人解釋給我聽過的。」

我道：「那麼你信不信？」

老者攤了攤手：「先生，我寧願相信握在自己手中的一分錢，而不相信銀行中的幾萬元。先生，你說這是有可能的麼？」

他聳了聳肩，我也聳了聳肩，我本來想回答他：這是可能的。在世上，有一種神秘的礦物，它所發出的光芒，能使人的身體，在視線中消失而成為透明人、隱身人。也有着一種不可知的方法，可以使透明人、隱身人又恢復正常。

但是我卻沒有開口。一則，這是一件講起來太長的事情，二則，就算我説了，那老者會相信麼！正如他所説，世上的人，絕大多數是寧願相信自己手中的一分錢，而不願相信銀行中的幾萬元的。

我轉身，從那像門的洞中，走了出去，低着頭，穿出了那條暗巷。

我一出了暗巷，發現薩利還在巷口等着我，他見了我，叫我一聲：「先生。」

我作了一個手勢，要他帶我回酒店去。一路上，我只是在沉思，直到薩利再大聲叫，我才知道已經回到了酒店門口。

我看了看酒店大堂中的電鐘，我一來一去，足足花了兩個小時，舍特和他的妻子，大概已經吃完了晚餐了。我直上樓，開門進去。舍特正在抹嘴，見了我之後，不知説了多少感激話。

我將他肥胖的身子推出了門，又將門關上。然後我打長途電話。

我先找到了老蔡，老蔡告訴我，他到過那個小島兩次，每次都是放下食物和應用的物品就離去的，並沒有見到任何人。我吩咐他再去時要留下一封信，信中說我已找到了方法，不日可回，叫他們耐心地等下去。

老蔡顯然還想再問些什麼，但是我卻不等他發問，便掛斷了電話。

然後，我在屋中踱來踱去，我要老蔡留信給王彥和燕芬，說我已經找到了使他們復原的辦法，那並不是在安他們的心，而是事實。

因為我已經離一切都十分接近了，在我看到了那塊大石上的記載文字之後，我在廟中秘密祭室內抄下來的怪文字，便由主要地位而退居次要地位了。

我已經十分明白地知道，使透明人和隱身人復原的方法，是藏在那座金字塔中。

但是，這離成功仍然十分遙遠！

因為那座金字塔是湮沒在沙漠中的！而且前後已有五個人因為找尋這座金字塔而失了蹤！

當晚，我踱到半夜，才勉強睡去。

第二天一早，我到開羅最大的圖書館中，借閱那三冊古埃及對外來往的資料，將附錄中，那英國人所記載的，那金字塔的位置，詳細地記了下來。然後，我購置了許多有關沙漠的地圖、書籍，和進入沙漠必需的用具，以及一輛性能極佳，在沙漠中行駛，不必加水的汽車和一輛拖車。

然後，我才登報，徵求一個沙漠旅行的嚮導，我在徵求廣告中說明，我要的嚮導是第一流的，因為我要在沙漠中找一座失了蹤的金字塔。

再然後，我便等人來應徵。一連三天，沒有一個人上門。到第四天黃昏時分，我幾乎已準備一個人出發了。舍特推開門，說有人來應徵。

我連忙跳了起來：「快請他進來。」

舍特搖了搖頭：「先生——」

這三天來，他一直在勸我不要到沙漠去，所以他一開口，我連忙揮手道：

「少廢話，快請應徵的人進來！」

舍特鞠了一躬，退了出去。

不一會，他便帶着一個人，站在我的門口。

我向那應徵作我嚮導的人看去，不禁呆了一呆。

在我的想像之中，有勇氣作沙漠旅行嚮導的人，一定是體壯如獅，活力如豹的非凡之人，但如今站在大胖子舍特旁邊的，卻是一個瘦子。

或許是由於站在舍特的旁邊吧，那人瘦得更是十分特出。他身上的衣服也不是十分名貴。我只是留意到那人面上的一股十分堅決的神情。也就是因為他臉上的那股神情，才使我決意和他談一談，而不是立即揮手令他離去。

在我打量他的時候，那人也同樣地打量着我。

我站了起來：「閣下是來應徵當嚮導的麼？貴姓名？」

他向前踏來，他身上的衣服雖然不是十分的名貴，但是我卻發現他走路的姿勢，十分有教養，而且，我也發現他不像是阿拉伯人。

他走了幾步，挺了挺胸：「艾泊。或許你可以稱我為艾泊子爵，但是我卻不在乎。」

第十七部

「沙漠中的一粒沙」

艾泊將那張紙遞了過來：「那麼，先生，請你看這個。」

我不知艾泊的葫蘆中是賣些什麼藥，但就算他是有詭計的話，一張發黃的紙，似乎也不能害我，所以我便伸手接了過來，將之打開。

我首先看到，紙上印着一張照片，那是一個略見瘦削，精神奕奕的年輕人。

雖然照片上的人，和眼前的艾泊大不相同，但是兩者卻有着一個相同的地方，便是那種現露在面上的堅決的神情，我立即肯定，那張照片上的人，就是艾泊。

那是一張通緝通告，簽署這張通告的，是德軍將領隆美爾。通告中說，德軍中任何人，只要能擒獲在沙漠中活動的盟軍情報工作組的組長，法國人艾泊子爵，便可以獲得巨大的奬賞。通告中並且註明，這個艾泊子爵的別名，是叫着「沙漠中的一粒沙」。

這是一個十分別致的別名，但由此也可以知道，艾泊是如何能適應沙漠，他就像是沙漠中的一粒沙一樣！隆美爾的別名是「沙漠之狐」，比起艾泊來，當然是不及了。

我一看完了這張通告，便對艾泊肅然起敬：「閣下如果能夠使得隆美爾出那麼大的賞格捕捉你的話，那你一定也有資格擔任任何人的沙漠嚮導了。」

艾泊伸出手來：「將這個通告還給我。」

我將那張通告還給了他，忍不住問道：「你可允許我問你——」

艾泊揮了揮手：「你是想問：一個如此優秀的情報工作者，何以會淪落到這一地步的，是不是？」

我不好意思地點了點頭。

艾泊冷然道：「抱歉得很，我是來應徵作為沙漠嚮導，並不是來接受人盤問的。」

我聳了聳肩：「不要緊，我所需要的，只是一個好的嚮導，而不是一個喜歡緬懷往事的人。」

艾泊望着我：「那麼，我是你的僱員了？」

我點了點頭：「每一天十埃鎊，一切設備，由我負責，這個數字，你可滿意？」

他伸出了手來：「那比我預期的高得多了，但是我要先支三天報酬。」

我絕不猶豫地答應了他。艾泊看來是一個有着絕大苦衷的人，但是無論從哪一個角度來看，他都不是一個騙子。當然，一個騙子是不會在額上寫着字的，但是我卻願意冒這個險。我看出已很久沒有人相信艾泊了，當然更不會有人，將三十埃鎊交到他手上的。

而我願意使他覺得我十分信任他，因為兩個人在沙漠中，若是相互之間，不是坦誠相見，不是絕無隔膜的話，那實是太可怕了。沙漠是會令人喪失理智的，在那樣的情形下，相互相信，相互依靠，是最重要的事情！

我數足了鈔票，放在他的手上。他緊緊地握住了鈔票，向我望了一會：「我在一小時之後，再來見你，來討論我們的工作！」

我點了點頭，絕不露出我在想他可能一去不回的神情來。他匆匆地走了出去。我又坐了下來等着他，舍特來囉唆了幾次，都給我趕了出去。

不到一小時，艾泊已經回來了。

他比我剛才見他的時候，精神了許多。他一進來，便坐了下來：「好，讓我們看一看，你已經做了一些什麼準備。」

我將我已經買好了的一切用具和食物，顯示給他看，又告訴他，我還買了一輛不必在冷凝器中加水的汽車。我以為這些裝備，已足以在任何沙漠中旅行的了。怎料艾泊看了，竟哈哈大笑起來。

他大笑着：「不必加水的汽車、罐頭水、罐頭食物、防曬油，哈哈，你以為我們只是穿過沙漠，到拉斯維加斯去嗎？不論你想到沙漠中去幹什麼，但絕不是短短的旅行，是不是？」

我點頭道：「自然，我是要去找尋一座失了蹤的金字塔！」

艾泊聽了，猛地一震，向後退了一步。

我詐作未曾看到他吃驚的神情，只是繼續道：「這座金字塔，在十八世紀的時候，曾被一個英國人發現過，但是如今卻湮沒在黃沙之下了。」

我講到這裏才抬起頭來，只見艾泊的面色，蒼白得十分可怕。

我問道：「怎麼，你可是想取消我們之間的合約麼？」

艾泊喃喃地道：「五個，已經有五個傑出的沙漠嚮導，因為這見鬼的金字塔，而消失在沙漠之中。」

我苦笑了一下：「如果你怕成為第六個的話，那可以不去的，你已經取去的錢，我也不向你追討了。」

他蒼白的臉上，現出了一股高貴的神情來：「沒有什麼，我去。」

我道：「艾泊，我絕不勉強你。」

艾泊道：「沒有什麼人能夠勉強我，先生。」

我伸出手來，我們第一次握手。我說道：「我叫衛斯理，你不必稱我先生。」

艾泊握住了我的手好一會，道：「我聽過你的名字。是你的話，我的勇氣可能會加倍。」

我拍了拍他的肩頭：「你也給我以異常的勇氣。」

艾泊並不多問我為什麼要去找那金字塔，他只是道：「你所準備的東西，幾乎沒有一件可用的。我們得打算在沙漠中度過二十天，或者更長的時間，我們首先需要二十頭駱駝，而不是一輛汽車。」

我望着他，並不參加意見。他是「沙漠中的一粒沙」，我當然沒有反駁他話的資格。

他繼續道：「誰告訴你該停步了，旋風就在前面；誰告訴你該快些走，前面有綠洲在等着；誰告訴你大群毒蠍伏在你附近？誰給你在糧食吃盡時以不必冷藏的糧食？全是駱駝，而不是汽車！」

我已在記事簿中記了下來：二十頭駱駝。

他在室中踱步：「一具礦牀探測儀，我可以改裝一下，使這具探測儀對於大量的石英、長石、雲母有特別敏鋭的反應。」

我點了點頭，艾泊的出現，是我的幸運，他顯然是一個學識極其豐富的人。他説要改裝探測儀，使之對石英、長石、雲母的反應敏鋭，正是尋找那座金字塔的必要步驟。

因為築成金字塔的花崗石，正是石英裏長石和雲母結晶而成的。

他又踱了幾步，道：「絕不漏水的皮袋十六個，每個要可以儲二十加侖清水。」

我忍不住了：「要那麼多水？」

他站住了身子道：「你可能在沙漠中迷路，一口水也能救你的性命！」

我不再出聲，又將他所說的記了下來。

他又道：「厚膠底靴子八對、麵粉四袋、鹽二十斤、酒二十瓶……」

他說一樣，我記一樣，算下來，不下數十件之多，而我本來購買的東西，可以用的，只是極小的一部分而已。

我等他說完，問：「還有麼？」

他搖了搖頭：「沒有了！」

我笑着問他：「當你在沙漠中做情報工作的時候，也有那麼多配備麼？」

他瞪了我一眼：「那時是為了反法西斯，如今是為了什麼？」

我道：「如今，是為了我要到那金字塔中，去尋找隱身法。」

艾泊大叫了起來：「什麼？」

我重複了一遍：「隱身法。」

艾泊又呆了片刻：「好，不論你去找什麼，我只是你的嚮導而已。」

我笑了笑：「你和我分頭去準備這些東西，大約兩天工夫，可以齊備了？」

艾泊道：「不錯，兩天足夠了。」

我給了艾泊一筆錢，他又離我而去。我一連忙了兩天，買這樣，買那樣，又要將買好的東西，運到出發的地點，負在駱駝的背上。

第三天早上，我和艾泊兩人，騎在駱駝背上，向沙漠出發了。

我們帶着航海用的方向儀，艾泊則從出發之後，一直在研究那英國人記載的方位。

一小時之後，我們已置身在大沙漠之中了，但是還不斷看得到人和高高的金字塔。但是到了下午，沙漠中的生物，看來像是只有我們兩個人，和二十隻駱駝了。

艾泊一直在研究那方位，和側頭沉思着。到黃昏時，他才第一次開口：「這個地方，我是到過的。」

我興奮道：「你到過？」

艾泊點點頭道：「是到過的，那是一個十分奇妙的地方。」

我聽了之後，不禁一呆：「奇妙，沙漠總是一樣的，有什麼奇妙不奇妙？」

艾泊道：「當然，在你看來，沙漠是一樣的，但對我們久在沙漠中的人來說，就不同了。你分不出細小的沙粒，這一粒和那一粒之間有什麼不同，也分不出這一堆和那一堆有什麼不同，但是我分得出。」

我道：「那麼，那金字塔的所在處，究竟有什麼奇妙呢？」

艾泊想了一會：「我很難解釋，那地方的沙粒，是與眾不同的——」他講到這裏，忽然歡呼起來，道：「當然，那是旋風的傑作。」

我望着他，艾泊揮舞着手，道：「旋風可以將幾億噸沙，從幾百里外捲過來，使得沙漠的沙層，平空厚上幾十公尺，那地方的沙粒，與眾不同，當然是被旋風捲起來的了。」

我充滿了希望：「如此說來，的確有一座金字塔被埋在沙下了。」

艾泊點了點頭：「有可能，但是有可能是一回事，要找到它，又是一回事了。」

我沉聲道：「那我就不明白了，何以在我們之前，五次去尋找那金字塔的人，會消失在沙漠之中呢？」

艾泊聽了之後，一言不發，只是突然策動他所騎的駱駝，向前奔去。我也策動着駱駝，趕了上去，問道：「艾泊，你是知道他們失蹤的原因的，是不是？」

從他的動態中，我可以看出來，他是在避開問題的主要一面。

我又追問道：「你對沙漠如此熟悉，難道也說不出一個所以然來麼？」

艾泊半晌不語，才道：「我可以告訴你的是，你不要再問我，而在到了我們的目的地的附近之後，不論有什麼怪事出現，你都不要大驚小怪。」

艾泊的話，使得我們本已充滿了神秘的旅途，更增加了幾分神秘的色彩。

我忙問道：「我們可能遇到什麼怪事？」

艾泊道：「不要再問我，或許我們會平安到達，那你就不必虛驚了。」

我苦笑了一下：「艾泊，你將我當作神經衰弱的病人麼？」

艾泊道：「當然不，但是沙漠是沙漠，和天空、陸地、海洋，完全不同，天空、海洋、陸地是人們所熟悉的三度空間，而沙漠就像是人類未知的第四度空間，在沙漠上，可以發生一切超乎常理之外的怪事！」

艾泊的話，我是同意一部分的，那主要是由於沙漠的單調、空氣的乾燥，都可以使人產生十分如真的錯覺之故，以前我認識一個沙漠旅行家，他就堅持說澳洲之大沙漠中，有着「無頭族」人，是他親眼看到的：每一個人都沒有頭！

我沒有再和他爭辯，我們在寂靜的沙漠中行進，幾乎連話都不想多說。一連幾天，我們向大沙漠的腹地前進。

潮濕的空氣本來是最令人討厭的，但在那時，我卻懷念起江南的「黃梅天」來了。我不斷地用清水從頭淋下來，使我的頭髮保持濕潤。雖然不到幾分鐘，頭髮又乾得像枯柴一樣，但總比一點水分都沾不到好得多。

在出發的時候，我認為我們帶得太多水了，這時我才知道並不，在沙漠中，即使有一水塘水，也還是不夠的。人在沙漠中，主要倒不是生理上需要水，而是心理上需要水！

第五天黃昏，根據艾泊的紀錄，我們已經來到了那英國人所記載的那個金字塔的附近了。艾泊檢查了蓄電池，開動了那具經過他改裝的探測儀。探測儀發出「嗡嗡」的聲音，開始工作。

探測儀上的一個指針，定在「零」度上不動。艾泊向那枚指針指了一指，道：「如果這根指針移動的話，那我們或者可能發現了一座雲母礦，或者是會發現了那座金字塔。」

我向前望去，沙漠十分平整，夕陽的光輝映在無邊無際的沙漠上，閃起一片真正的金黃色的光芒，如果有一個高起的物事，我想我一定不必用望遠鏡就可以看到了的。

但是沙面之上卻什麼也沒有。

艾泊大聲叱喝了幾聲，駱駝隊停了下來。我奇道：「今天我們就這樣在這裏紮營了麼？」

艾泊點了點頭：「是的，我們準備的武器呢？要取出來了。」

我吃了一驚：「今天晚上可能有意外的變故麼？」

艾泊搖了搖頭：「說不定，說不定。」

他要我紮營帳，他自己則調整着探測儀上的一些零件，牽着那正負着探測儀的駱駝，向前走了開去。等我紮好了營帳，弄好了吃的東西，他還沒有回來。

但是我卻並不擔心，因為在暮色中，我還可以看得到他。

他和那頭駱駝，大約在一公里開外處，我想叫他，又怕他聽不到，於是我取起了望遠鏡，想看看他是不是已準備回來。

在望遠鏡中，我看出了一件非常奇怪的事。那隻駱駝停着不動，駱駝的背上，仍然負着那具探測儀，和艾泊將駱駝走開去的時候一樣。

但是艾泊本人呢，他在離開駱駝不遠處，雙手按在沙上，雙足向前倒立着！

我乍一看那種怪異的情形，心中不禁猛地嚇了一大跳：難道我的神經竟這樣脆弱，在沙漠五天，已使我的眼前，出現幻覺了麼？因為我實在想不出艾泊為什麼要頭下腳上地倒豎！

我立即放下了望遠鏡，定了定神，再舉起望遠鏡，暮色雖然更濃，但是我還是可以看得清艾泊正以那種怪姿勢倒立着。

我又放下了望遠鏡，天色已更黑了。月亮悄悄地爬上來，半小時前還是金黃色的沙漠，變成一片銀輝，如果不是那麼枯燥、單調的話，沙漠不論日夜，都是很美麗的。

我再度舉起望遠鏡，已看到艾泊牽着駱駝，向營帳走來。我不等他走近，便將望遠鏡收了起來，我不想被他知道我曾經看過他以這樣的一個怪姿勢，倒立在沙漠之上。

沒有多久，艾泊便已到了近前，他隔老遠便叫道：「一切都準備好了麼？」

樣。

他的面上，並沒有什麼異狀，像是他剛才絕未曾有過那麼不正常的舉動一

我的心中充滿了疑惑，但是艾泊如果無意講出來的話，我決定不問。

我們兩人像往常一樣地吃着晚餐，艾泊道：「明天早上，我應該走得更遠些，我們不應該太相信那個第一次發現這座金字塔的英國人，他記載的方位，是可能有錯誤的。」

我忙道：「當然，但這座金字塔，總不會離那英國人記載的地方太遠。」

艾泊抹着嘴，喝着濃咖啡：「槍枝撿出來了麼？」

我回答他：「撿出來了，我們每人可以有一柄手槍和一枝來福槍。」

艾泊搖頭道：「不，我有兩枝手槍、兩枝來福槍，而你沒有。」

我不禁愕然，抬起頭來看他，他已經打橫跨出了兩步，以極其敏捷的手法，將我撿出來的兩枝來福槍抓在手中。我心中大吃了一驚，但是我卻保持着鎮定，還端起咖啡來，呷了一口：「艾泊，你不給我武器，是什麼主意？」

艾泊將兩枝手槍也掛到了他的身上：「吃完晚飯你去睡吧，我來值夜。」

我堅持了一句：「我們兩人輪流值夜。」

但是艾泊的面上神情，像是鐵石一樣：「我來值夜，不是輪流。」

這時候，我實在難以猜測艾泊究竟是在打什麼主意，我不欲和他爭論，因為槍枝全在他的身上。如果他的神經已開始錯亂，那麼我如果與之爭論，只有加速他的發狂！

我只是聳了聳肩，便鑽進了營帳，脫下了沉重的橡膠靴，躺了下來。

我望着外面，可以看到艾泊，他的行動十分緩慢鎮定，不像是一個神經錯亂的人。他將火弄熄，將吃剩的東西倒去，將駱駝趕在一堆，然後，靠着一頭駱駝，坐了下來，兩枝來福槍，就倚在他的身旁。

我看了一會，看不出什麼變異來，雖然我還弄不懂何以艾泊不要我值夜，但是我卻也知道艾泊並不是惡意的。因為他如果要害我的話，早就可以下手，而不必等待什麼的。

我合上了眼睛，開始我只是準備養養神，並不準備睡去的，但是我終於敵不過長途跋涉的勞累，而沉沉地睡去了。

我不知睡了多久，我是被一下清脆的「卡勒」聲突然驚醒的。

那一下「卡勒」聲，分明是來福槍子彈上膛的聲音。我陡地睜開眼來，一個翻身，向外看去。我已經看到艾泊伏在一頭駱駝的背上，來福槍指着前面。我循着他來福槍所指的地方看去，只見並沒有什麼足以令人驚慌的東西。我站起身來，待向帳篷外走去，但是我才一站起，便看到那在緩緩移動着的小沙丘了。

有三個小沙丘，每一個只不過半尺來高，正在向我們的營帳移動着。

從那小沙丘長長的形狀看來，那分明是有人伏在沙下面，在向前俯伏前進。我不禁大大吃了一驚，那三個伏在沙下面的人，早已在來福槍的射程之內，我不知道艾泊為什麼還不開槍射擊。

我看出事情有着什麼不對頭的地方，因此我決定暫時不出去。我看到艾泊一揚手，拋出了一根紅色的樹枝，那根樹枝，插在沙中，恰好擋住了第一個伏在沙底下的人的去路。

接着，我便看到，像是變魔術一樣，從沙中，站起了三個人來。

那三個人的模樣，一時無法形容，他們的皮膚，又黑又粗糙，上身赤裸着，下半身只圍着一塊破布，算是袴子，他們的手中，持着一種樣子相當奇特的武器，照我的推測，那可能是吹箭器。他們站了起來，艾泊手一揚，突然將來福槍拋到了地上！

艾泊的這一個舉動，更是叫我大吃一驚，因為我絕想不到他竟是這樣膽怯的人，敵人才一現身，便自拋棄了武器。

那三個不速之客，自然是在沙漠中出沒的阿拉伯土著，艾泊為什麼這樣怕他們？

然而，我立即知道，艾泊並不是怕他們！因為我看到，艾泊張着兩臂，繞過了那頭駱駝，向前走去，而那三個人，也高舉着雙手，向前走了過來。他們的動作一致，表現着一種親善，我看不出其中有什麼火藥味，但是我心中的驚恐，卻更其增加。

因為照目前的情形看來，艾泊似乎和這三個神秘出現的阿拉伯土着是同路人！

在沙漠中的阿拉伯土着，有不少是嗜殺成性，極其兇殘的，而我一時之間，又看不出這三個人究竟是什麼種族。

艾泊背着我和他們交往，他的動作又這樣神秘，這不能不使我吃驚。

我決定不出聲，看他們有什麼動作，只見那三個阿拉伯人，來到了近前，和艾泊作了一個親熱的動作，艾泊開始和他們交談，他講的是我聽不懂的一種阿拉伯土語。他講了許多，而那三個阿拉伯人則只是靜悄悄地聽着，一聲不出。

艾泊的聲音十分低，他顯然是不想吵醒我。他卻不知道我早已醒了。

他約莫連續講了五分鐘之久，那三個阿拉伯人才有了反應，他們一齊搖頭。看這情形，像是艾泊向他們要求些什麼，而他們加以拒絕。

艾泊面上的神色，十分焦急，他忽然指了指我們的駱駝隊，又指了指身後的來福槍，突然以法語道：「給你們，這些都給你們！」

那三個阿拉伯人你望我，我望你，望了片刻，才由正中那個開了口，講的仍是我所聽不懂的那種阿拉伯土語。阿拉伯的土語的種類實在太多，每種不同，我甚至於不能猜到他在講什麼。

艾泊不耐煩地聽着，不住地插言。

突然，那三個阿拉伯人轉過身，向前走去，而艾泊則拾起了來福槍，跟在後面。他們離開去了！

我不知道他們要到什麼地方去，我也不知道艾泊和那三個阿拉伯人打的是什麼交道，我只知道一點：我應該跟上去！

要在沙漠中跟蹤人，這幾乎是沒有可能的事情，因為沙漠上什麼掩飾都沒有，人家只要一回頭，就可以看到你的了。

但是我卻想到了那三個阿拉伯人來時的方式：他們將身子埋在沙下爬了過來，那是不容易被人發覺的。而我比他們更擅於利用這種方式來前進，因為我受過嚴格的中國武術訓練，我擅於控制自己的呼吸。我立即出了帳幕，將身子伏在地上，向前爬出了幾步。

我才向前爬出了七八步，便發覺我並不需要另外費功夫將身子埋入沙中，因為我用力向前爬行之際，身子已自然地陷進了沙中，我使我的頭部保持在外，因為那樣，我可以察知我所跟蹤的人的去向。

那三個阿拉伯人和艾泊，一直向前走着，走出了好遠，才轉向西，我跟着他們爬了那麼長一段距離，身子又埋在沙中，實是苦不堪言。

我明白為什麼他們開始時回頭看了幾眼之後，便絕不再回頭，因為沒有什麼人可以忍受那樣長距離的爬行，而我則忍了下來。

他們轉而向東之後，我向前看去，立即看到前面沙漠之中，聳立着幾座嵯峨的石崖。

雖然隔得還遠，但是已經可以看出，那幾處嵯峨的石崖，險惡之極，崖石在月光下看來，猶如無數柄冰冷的鋒鋭的利刃一般。

那三個阿拉伯人和艾泊，繼續向前走着。他們的目的地，顯然是那幾座石崖，我仍然咬緊牙關，爬行着跟在他們的後面，和他們相距大約十步。

那幾座石崖漸漸地接近了，我的心情也開始緊張起來，因為艾泊和那三個阿拉伯人，究竟是在弄什麼花樣，也立即可以揭曉了。

我已經知道了他們的去向，自然不怕失去了跟蹤的目標，所以我不再昂着頭爬行，因為這樣使我自己易於暴露目標。

那三個阿拉伯人和艾泊的手中，全都有着致命的武器，我不知他們究竟懷着什麼目的之前，是不能讓他們知道我在跟蹤他們的。

所以我低着頭，幾乎將身子全埋入沙中，只是每隔上一分鐘，才抬頭來向前看上一眼。

每次，當我抬頭向前看去時，艾泊和那三個阿拉伯人，總是仍在前面走着，漸漸接近那愈看愈是險惡的石崖。

然而，出乎意料的怪事終於發生了。

在離開那幾座石崖，只有小半里的時候，我抬起頭來，艾泊和那三個阿拉伯人不見了。

他們四個人真的不見了，我的眼前一個人也沒有，只是一片平坦的沙漠！

我呆了一呆，再向左右方向看去，也是沒有人。艾泊和那三個阿拉伯人，是四個活生生的人，剛才還在我前面十步左右處走着，只不過我低下頭，將頭藏入沙中一分鐘左右，他們便不見了！

離開石崖還有小半里，他們不可能一分鐘之內便到達石崖的，也就是說，他們絕無可掩蔽身子的所在，然而，他們卻不見了！

難道他們在刹那間，都成了隱身人？即使是的話，那麼他們的衣服呢？

我心中在告訴自己：那一定是有原因的，那一定是有原因的。

但是另一方面，我卻又自己對自己說：沙漠中的怪現象來了，三個阿拉伯人、艾泊和那一切，可能全是幻象，全是由我自己想像出來，事實上根本不存在的東西！要不然，何以會在突然之間消失呢？

我竭力使我自己的頭腦，保持清醒，我考慮着種種的可能。

我肯定他們四個人的目的地是那幾座石崖，我也假定他們突然消失，是他們也像我一樣，將身子埋到了沙中。然而我卻找不到他們將身子埋在沙中的原因來。難道是他們發現有人跟蹤？

我等了二十分鐘，前面的沙中一點動靜也沒有，這證明我這個料斷也不正確。

我不禁苦笑了一下，我絕不願意承認我剛才所見到的，我費了那麼大的精力在跟蹤着的，只是四個幻象。但如今看來，我已不得不接受這個事實了。

我站了起來，拍打着身上的沙粒，突然之間，我聽到了幾下極其勁疾的「嗤嗤」之聲，我立刻臥倒在地，打滾，滾出了五六步。

「刷刷刷」幾聲過處，幾株黑色的小箭，深深陷入沙中，那地方就是我剛才站立的地方。

我抬起頭來，向前看去，我看到在山崖之上，有人影在閃動。

還未及等我看清那在山崖上閃動的是什麼人，又有幾枝同樣的箭，向我射了過來。

我又滾着身子，避了開去。那幾枝箭，來自同樣的方向，它們是從石崖上居高臨下射來的。那些箭射下來的勁道是如此之強，準頭又是如此之準，這使我相信，那一定不是用人手拉弓射出的，而是一種古代的武器。

在赤裸裸的沙漠之中，我一點掩蔽也找不到，我不能起身逃走，因為那些箭的射程可能極遠，我起身逃走，不顧一切的逼近去，同樣的危險。我只在地上滾着，一面用力向下壓着，使我的身子陷入了沙中。

一枝枝的箭，仍不斷自石崖之上，向下射來。

但是當我的身子，完全陷入沙中之際，石崖上的射手，顯然已失去了他的目標，箭落在我身旁，我一動不動的伏着。

接着，我便聽到石崖上，響起了一股奇異的號角聲。乍一聽來，像是沙漠中餓得發慌的獵狗的號叫聲。

我僅僅使我的眼睛露在沙外，盡可能向上看去，我看到石崖上有阿拉伯彎刀閃耀着的晶光，也看到了不少人影在閃動。

那石崖中，可能是一族阿拉伯人的大本營，我心中自己問自己：我是不是應該直闖過去呢？我用什麼法子闖過去呢？

還在我猶豫不決的時候，怪事又發生了。

在我的面前，平靜的沙面，突然高了起來，一個阿拉伯人的身子，突然從沙底下冒了起來。我呆了一呆，身子突然向前撲出，那阿拉伯人揮動着手中的彎刀，待向我砍來。

但是我一撲到他的身前，身子陡地一轉，已轉到了他的背後，手臂伸處，便已將他的頭頸緊緊地挾住，那阿拉伯人掙扎着，但我將他挾得更緊，令得他不能不手一鬆，將那柄鋒利的彎刀落在地上。

第十八部

阿拉伯最佳快刀手

我身子一俯，將那柄彎刀拾了起來，同時，我也看到了一個奇蹟：那阿拉伯人冒出來的地方，竟是一條黑沉沉的地道！

在沙漠之中，居然會有地道，這實是令人難以置信的事實。我看了一眼，便將彎刀架在那阿拉伯人的頸上。然而，不待我發問，從地道中又冒起了兩個阿拉伯人來，以他們手中的吹筒對準着我。

接着，從地道中出來的阿拉伯人愈來愈多，轉眼之間，我已被十幾個阿拉伯人圍住了。

那十幾個阿拉伯人只是圍着我，並沒有動作，但是他們的臉上卻充滿了敵意。

在那樣的情形之下，我實在不知道該怎樣才好了！我挾住了一個人，我可以立即將他殺死，但是在我還未曾轉過身來的時候，一支毒箭，便可能在我的背心中插進。

如果在我的身邊有着一株大樹，那情形就不同了，我可能毫不猶豫地便發動進攻。

但是我的身邊卻什麼也沒有，只有敵人。近乎赤裸地面對敵人，而毫無隱蔽退縮的餘地！

我僵立着不動，那些阿拉伯人也不動，氣氛緊張、難堪，然後，我聽到了艾泊的聲音。

艾泊的身子，還未曾從地道中冒出來，便急不及待地叫道：「衛斯理，別傷害人，快放下刀！」

我還在考慮着是不是應該聽艾泊的話，艾泊已躍了上來，揚着手，大聲地以阿拉伯的土語叫嚷着，圍在我身邊的那十來個阿拉伯人，放下了他們手中的武器。

我也一鬆手，放棄我手中的阿拉伯彎刀。

艾泊的面容，十分驚惶，奔到了我的面前：「你怎麼來了？老天，你怎麼來了？」

我冷冷地以同樣的話反問他：「你怎麼來了？」

艾泊還未回答，從地道中，又走出了一個阿拉伯人。

那阿拉伯人才一現身，所有的阿拉伯人，便一齊跪了下去。我也連忙向那阿拉伯人看去，一看便知道，他是這一群阿拉伯人的首領。

因為大多數阿拉伯人都赤着上身，只有一小部分是穿着傳統的阿拉伯衣服的。但是這個人卻身上披着一件繡有金線的披風，他的腰際所掛的那口阿拉伯彎刀的刀鞘上，也鑲滿了寶石。

那些阿拉伯人跪在地上，一聲也不出。艾泊也彎腰向那阿拉伯人行着禮，同時對我道：「衛斯理，快鞠躬，他是族長。」

我冷笑了一聲：「我為什麼要向他鞠躬？」

那被艾泊稱為族長的阿拉伯人，向我走近了一步，傲然地望着我：「行禮！」

他說的是法文，字正腔圓，顯然他是在法國住過的。我冷冷地道：「禮貌是雙方面的，你不對我行禮，我為什麼要對你行禮？」

族長手按在刀柄上，面上現出了憤怒之極的神色來。

艾泊連忙走了過來：「族長閣下，他是我最好的朋友！」

族長悻然道：「你最好的朋友，他卻不肯對我行禮！」

艾泊望着我，但是我的面上，卻只是帶着冷笑，當然我不會行禮。

族長振臂高叫了幾聲，跪在地上的那些阿拉伯人，一起站了起來，聲勢洶洶地望着我。

我橫刀當胸，凝視着他們。

艾泊大聲道：「衛斯理，你一個人難道敵得過他們這許多麼？」

我冷笑了一聲，道：「艾泊，你不會明白的。」

艾泊又轉身向族長叫道：「這太不公平了，太不公平了，阿拉伯人不是最講公平的麼？」

族長的手臂，本來已向上揚了起來，看情形他是準備下令，命眾人向我進攻的。但是艾泊的話叫了出口，卻使他改變了主意，他的手停住不動，不再向上揚起，道：「我可以讓他和尤普多比鬥，來決定他自己的命運。」

艾泊面上變色：「族長閣下，這仍是不公平的，你們是所有阿拉伯民族中，最善於用刀的族，尤普多又是你們之中最出名的刀手，這不公平。」

艾泊一力為我爭取「公平」的待遇，使我相信他對我並沒有懷着惡意，事情可能是給我自己弄糟了的。

族長搖頭道：「不，絕對公平，絕對公平！」

艾泊攤着手，向我望來，我笑了笑。「我想族長是公平的，我也想會一會最善用刀的阿拉伯民族中最著名的刀手。」

族長大笑着，用力拍着艾泊的肩頭：「艾泊朋友，你還說我不公平麼？」

艾泊無可奈何地嘆着氣：「衛斯理，你將一切事情都弄壞了。」

我抱歉地笑了一笑：「艾泊，我如今還有什麼辦法？如今我還能示弱麼？」

艾泊叫道：「你不能示弱，但你將和尤普多動手，只是為了你不肯向族長鞠躬，你可知道尤普多麼？他出刀如閃電，跳躍如貓鼬，在你還未看清他手腕的動作之前，你已經血染黃沙了！」

我淡然笑着：「艾泊，世上未必沒有比閃電更快速，比貓鼬更靈活的東西。」

艾泊雙手擊着掌：「是你麼？是你麼？尤普多在未曾成為他們族中的最佳刀手之前，我曾親眼看到過他躍向前去，劈死了兩個德國兵，而那兩個德國兵，則連取槍的機會都沒有！」

我誠懇地道：「謝謝你，艾泊，我仍然願意會一會尤普多，而不願意向族長行禮。」

艾泊嘆了一口氣。族長已昂着首，向那地洞中走去，他的身後跟着七八個人，然後，便是我和艾泊兩個人，當我從地洞中走進去的時候，我已知道艾泊和那三個阿拉伯人，是如何會突然在沙漠中失蹤的了。他們自然是鑽進了地洞之中！

但是，仍有許多事我是不明白的。

我們在地道中走着，我看出那地道是一大塊一大塊的石塊砌成的，看來這不像是現在的工程，我問道：「艾泊，這條地道通向何處？」

艾泊有氣無力道：「通向一座古城，早已被歷史遺忘了的古城。」

我呆了一呆：「那古城就在這些石崖之中？」

艾泊道：「是的，古城的所有建築物，全是就地取材，用那些岩石造成的，所以即使有飛機飛過上空，也絕不能發現，當年德國人曾出動數十架偵察機，也未能發現我們活動的基地，便是這個原因。」

我道：「原來這裏便是你當年活動的基地？」

艾泊長吁了一聲：「是的，是我當年在沙漠中活動的基地之一，我曾經在德國兵手中，救過費沙族長的性命，所以他才許我進入那座古城的，除了他們的族人之外，我是唯一能進入那座古城的人。」

我笑道：「如今有兩個了，還有我。」

艾泊苦笑道：「我是說，我是唯一能進這座古城，而又能出來的人。」

我不禁「哈哈」大笑起來，使得走到前面的阿拉伯人都停住了回過頭來看我，連費沙族長也在內。我道：「艾泊，你以為尤普多一定會殺死我麼？」

艾泊還未回答，費沙族長已大聲道：「沒有什麼人能夠逃生，只要尤普多想殺他。」

我冷笑一聲：「族長閣下，我想你不會吝嗇到不下令叫尤普多殺死我的，除非你怕你的誇口之言，被事實打破。」

艾泊的面色發白，費沙的面上如何，因為地道中十分黑暗，所以我看不清楚。但是他再向前走去之際，腳步聲突然變得沉重，那使我知道，費沙族長是在大發雷霆之怒了。

我既然存心會一會最佳的阿拉伯刀手，當然希望對方全力以赴，施展他的絕技，這也使我的生命，增加了危險，但還是值得的。

因為在今日的世界中，新式武器已使得一個手無縛雞之力的人，可以輕而易舉地殺死一個劍道高超的武士。這不免使得像我這樣，受過中國古代武術訓練的人，感到悲哀。

如今，可以和一個阿拉伯高手，大家以古代的兵刃，一分高下，我怎肯放過那樣的好機會？

艾泊不住地嘆着氣，我則不斷地發問：「艾泊，那座古城，是什麼時候建造的，你可知道麼？」

艾泊道：「我不是考古學家，我不知道，但是我卻知道你要找的那座金字塔，一定和那座古城有關。」

我大喜道：「何以見得？」

艾泊道：「那座古城之中，有一尊殘毀了大半的神像，叫作『看不見的神』，你不是要到那座金字塔中找什麼隱身法麼？」

我心中更是大喜，因為那座古城，極可能便是當時的埃及法老王，建造了給來自遙遠的南美的索帕族人居住的。

當然，來自富饒的南美平原的索帕族人，是不會習慣在沙漠中居住的，他們可能立即放棄了這座古城，而搬遷到尼羅河附近去居住，這大概便是這座古城根本未引人注意的原因了。

我埋怨着艾泊：「那麼，你為什麼早不和我說呢？」

艾泊道：「我不能肯定他們是不是還住在古城中，這些年來，埃及已發生了那麼驚天動地的變化，說來可笑，族長是效忠於埃及廢王的，埃及政府的軍隊，一直在搜捕他們，但是卻一直不知道他們聚居在什麼地方。」

我又道：「那麼你倒豎在沙漠中，又是為了什麼？」

艾泊瞪了我一眼：「原來你早在注意我了？你不信我，是不是？」

我忙道：「艾泊，請不要那麼説，我只是心中感到奇怪而已。」

艾泊聳了聳肩：「這一族阿拉伯人，是沙漠中的天之驕子，他們沒有一個不善於用刀，沒有人不善於射箭，更沒有人不善於在沙中爬行，我知道，如果他們還在這裏的話，那我們的出現，一定會引起他們的注意的，他們一定會派人來窺伺我們。」

我道：「你仍未説到為什麼要在沙中倒立。」

艾泊道：「你還不明白麼？如果我站着，有人在沙中爬來，我便不易看出來，而如果我倒立着，我的眼睛離地平線近了，地面上有什麼在移動着的沙丘，我便更容易發現了。」

我不禁啞然失笑：「艾泊，那你為什麼不乾脆伏在地上？」

艾泊道：「我不能隱藏自己，如果我伏在地上，被他們認為是有意隱藏自己的話，那麼他們便立即當我作敵人了！」

我道：「明白了，你不要我值夜，便是怕我得罪他們的緣故？」

艾泊道：「你還說，你終於得罪了他們，而且得罪的還是費沙族長！」

我想了一想：「艾泊，如果我勝過了尤普多，你說他們會對我怎樣？」

艾泊搖頭道：「這是沒有可能的事。」

我道：「我說是『如果』，你回答我。」

艾泊道：「不知多少他們的族人，想勝尤普多，但是卻都死在他的刀下，以致族長已下令禁止再有任何人和尤普多動手。尤普多是這一族的精神上的寄託，如果你勝了尤普多，你在他們眼中的地位如何，你自己難道不能想像麼？」

我道：「我可以想得到了，說不定費沙族長，反而會向我行禮。」

艾泊道：「可能的，只要你能夠取勝。」

這時候，我們的眼前，陡地一亮，我看到一扇老大的石門被推了開來。光亮便從那扇門中射了進來，我們穿過了那扇門，又上了幾十級石級，便到達一個石廣場之上。

我站在廣場上，四面看去，不禁呆住了作聲不得。在山崖之中，居然會有這樣的一座小古城，那實是難以令人相信的事！

所有的房屋，全是以大石塊砌成的，十分古樸，使人有置身於傳說中的感覺。

但是這一族阿拉伯人，顯然十分窮困，他們養的駱駝，瘦而無神，他們的衣服，也是難以蔽體，只不過他們看來，仍然十分精壯而有生氣。

費沙向圍攏來向他行禮的人揚手大叫。

費沙族長叫的是：「這個外來人，將和我們的榮譽，尤普多比較高下！」

費沙族長的話，迅速地傳了開去，我相信不到五分鐘，所有古城中的阿拉伯人都知道這個消息了。費沙又轉過身來，對我道：「每一個和尤普多決鬥的人，都可以享受我的招待，請到我的住所來。」

我笑了一下：「這有點像死囚臨行刑前的一餐，是不是？」

費沙族長狠狠地瞪了我一眼，大踏步地向前走了過去，艾泊嘆了一口氣，碰了我一下：「走吧，去享受你行刑前的一餐吧！」

我又笑了一笑，這時候，我的心情，可以說是興奮到了極點。我並不是以為自己一定能夠勝得過尤普多。因為阿拉伯的武術，和中國古代的武術，有許多相近之處，都是十分深奧神秘，阿拉伯人之善於用刀更是世界聞名，但是基於我多少年來，未能和人刀對刀地爭鬥，所以我這時覺得十分興奮。

我們跟在費沙族長的身後，向前走着。那座古城全是以大塊大塊的岩石砌成的，而且極具規模，使人好像置身於天方夜譚的境界中一樣。

但如今究竟是現實的境界，因為這古城的真正統治者，似乎是窮困和疾病，而不是費沙族長。那和天方夜譚中遍地珍寶，更是格格不入。

我們所經過之處，人從街道上湧了過來，這是十分有希望的一個民族，因為他們的精神，並未曾屈服在窮困和疾病之下，他們絕不是懨懨無生氣的，即使是骨瘦如柴的小孩，這時也向我發出了十分難聽的怪叫聲，像是譏笑我竟敢和尤普多動手。

沒有多久，我們便到了費沙族長的住所，那裏是一座神廟。

廟牆上和廟柱上的雕刻，依然完整，我一看便認出，那些浮雕的獸頭人身神像，和那七間秘密祭室中的，完全一樣。

這時，我又不免想起那七間祭室中，神像眼中鑲嵌的金剛鑽來。我如果可以勝過尤普多的話，我一定要將這個秘密告訴費沙族長，勸他向如今的埃及政府奉獻這個秘密，作為他族人不必再流竄的代價。因為他的族人雖然強悍，但如果再在這個古城中株守不去的話，那也只有滅亡一途。

族長的居所就在廟堂上，一條舊得不堪用的軍用毯子，鋪在一塊大石上。但是當費沙族長坐上那塊大石去的時候，他的神氣，就像是坐上了一張鋪着純白虎皮的黃金交椅。

我四面打量着，費沙族長道：「很簡陋，是不是？」

我聳了聳肩：「我相信你一定可以有法子過着比目前更好的生活的，但你不願意，是不是？」

費沙族長傲然道：「當然，我的族人需要我。」

我道：「但看來你卻並不重視他們！」

費沙族長的臉漲紅了，其餘人的臉色發青了。

艾泊叫道：「衛斯理，你出言謹慎些。」

我揚起了雙臂：「我已經夠謹慎了，你難道看不到麼？費沙族長使得他的族人，在貧窮困苦中打滾！」

費沙族長發出了一聲怪吼，陡地拔出了他腰際的佩刀，如一頭猛虎也似，向我衝了過來，我後退，再後退，又後退。

費沙族長向我連連發了七八刀，刀光閃耀，刀風如電，但我只是後退。

費沙站住了身子，大聲喝道：「還手，懦夫，還手！」

我冷冷地道：「尤普多呢？我要會見最好的刀手！」

我是故意如此說的，因為我要費沙覺悟到他一點也沒有什麼了不起，時代不同了，他絕不是阿拉伯人在世界上叱咤風雲時的一個族長，而只是縮在一個古城中等死的一個族長，他若是肯拋棄他頑固的想法，那麼他和他的族人，才能有救。

所以我便竭力刺激他，使他覺得他自己，並不偉大。艾泊顯然不知道我的用意，因而他嚇得面上變色。費沙族長的彎刀，劈到了一半，突然停住：「你要立即和尤普多會面麼？」

我笑了一下道：「最後的一餐已被取消了麼，也好，請你宣召尤普多來和我見面吧。」

費沙族長向他身旁的一個阿拉伯人大聲叫嚷了幾句，那阿拉伯人便奔了出去，廟堂中靜了下來，誰也不出聲，只有費沙族長在不斷冷笑。十分鐘後，剛才跑開去的阿拉伯人，首先奔了進來，他的面色，十分興奮。在他的後面，一個人——他是除了費沙族長和女人們之外，唯一穿着上衣的阿拉伯人——大踏步走了進來。

費沙族長的面上，立刻露出了笑容，張開雙臂，迎了上去，那人也張開了手臂，他們兩人到了近前，相互拍擊着對方的肩頭。

艾泊向我接近了一步：「那就是尤普多了。」

我早也知道，能得到費沙族長這樣隆重歡迎的人，一定就是他們族中最佳的刀手尤普多了。

我保持着鎮定，向尤普多看去，只見他的身子十分高，比我高出大半個頭。他的手臂也十分長，長得看來有些異相。

他腰際懸着一柄彎刀，刀鞘鑲着寶石，那刀鞘極之華貴，和他衣衫之襤褸，絕不相稱。但是他臉上的神情，卻十分自傲、十分高貴，遠在那柄刀鞘之上。他有着鷹一樣的眼和鷹一樣的鼻，我只看了幾眼，便看出他絕不是容易對付的人物！

我在打量他時，費沙族長正在急不及待地對他講着話，講的當然是我，因為尤普多也向我望來。我們兩人對視着，約有半分鐘，他突然繞過了費沙族長，向我一步一步地走了過來。

我挺了挺身子，他逕自來到我的面前，以十分生硬而發音不準的法語道：「你要和我比刀，是不是？」

我點頭道：「不錯。」

尤普多道：「我從來不輕視我的敵手，但是我卻也從來不使敵手認為他輸得不值——」

在我還未曾明白尤普多這樣說法是什麼意思間，尤普多的手臂，陡地一震。唉！我竟沒有發覺他在講話的時候，手已漸漸地接近刀柄。但是事後我想了一想，就算我發覺他會有所動作，我仍是來不及應付的，因為他的出刀之快，正如艾泊所說，猶如閃電一樣！

當時，他手臂一振間，我只聽得「鏘」地一聲，眼前突然精光大作，頭頂上陡地涼了一涼，接着，又是「鏘」地一聲響，尤普多已恢復了原來的姿勢，仍然站在我的面前。

這一切，至多只不過是一秒鐘內所發生的事。

艾泊的語言中，竟帶着哭音，他叫道：「衛斯理，噢，衛斯理！」

我不明白究竟發生了什麼事，回過頭去問道：「作什麼？艾泊，你作什麼？」

所有的人都笑了起來，只有兩個人不笑，一個是艾泊，一個是尤普多。

艾泊望着我，悲哀地搖了搖頭：「摸摸你自己的頭頂，衛斯理！」

是了，剛才尤普多似乎向我發了一刀，而我的頭頂，也曾經涼了一涼，一定有什麼不妥了。我連忙伸手向頭上摸去。

我的手才摸到我自己的頭頂，便僵在那裏沒有法子再移動了。我的頭頂上，頭髮已不見了一大片，頭髮被削去的地方，簡直和用剃刀剃去，沒有多少分別，摸上去光滑之極。

好一會，我的手才緩緩移動，我才覺出我的頭髮被削去的，不是一片，而是兩指寬的一條，從左耳到右耳，一根頭髮也不剩。

我相信那時候，我的面色一定難看得很，雖然我眼前沒有鏡子，但是我看到費沙族長笑得前仰後合，幾乎連眼淚都笑了出來。

我這時才知道，艾泊對尤普多的形容，是絕無誇張之處的。他的那柄腰刀，自然是鋒利之極，而他那樣快疾的一刀中，竟然一點不傷及我的頭皮，而只是將我的頭髮剃去，這是何等身手？只要他多用一分力道的話，我兩隻耳朵之中，必有一隻，早已落地了，而他竟能將力道算得絲毫不差，這又是何等神通？

就算我有着手槍的話，當他出其不意地向我一刀砍來之際，我想要拔槍，只怕也是來不及的！

又過了好一會，我的手才放了下來。

尤普多道：「我不以為你還要和我比刀！」

他話一說完，便轉身向費沙族長走去。我等他走出了兩步，才叫道：「尤普多，你停一停。」

尤普多站定了身子，我才慢慢地道：「你太肯定了，我還沒有回答你的問題。」

尤普多倏地轉過身來，在高聲大笑的阿拉伯人，也張大了口，出不了聲。

艾泊咕嚕着道：「一點也不勇敢，那絕不勇敢。」

我不理會他們，只是向尤普多道：「剛才，我看到了可以說是世界上最快的刀法，但是我卻並不準備打消和你比試的念頭。」

我一面說，一面慷慨地向他走去，我絕不讓他看出我逼近去的目的，所以我將手中的彎刀，放在背後，而且不斷地講話，道：「我十分佩服你出刀之快，但並不是說我已經被你嚇住了！」

我這一句話才講完，手中的彎刀，已經抖起，我手中握的雖是阿拉伯彎刀，但這時我所使的，卻是中國五台刀法的一式「周而復始」。我手中的彎刀，抖出一個圓圈，刀尖直指尤普多的胸前。還未曾明白發生什麼事情之際，我已經收刀後退了。

這一次，廟堂之中的所有人，都沒有笑出聲來，卻只有尤普多一人，在低頭一看，看到他胸前的衣服，已因為我這一刀，而被削出了一個徑可尺許的圓洞，那塊圓布片就落在他腳下的時候，他卻哈哈大笑了起來：「你可以和我動手的，不錯，你是可以和我動手的！」

費沙族長以幾乎不能相信的神色望着我，又和尤普多講了幾句話。

艾泊走到我的身邊：「費沙是在問尤普多可有必勝的把握，尤普多說沒有。」

我忙道：「那麼，他們可會另出詭計？」

艾泊道：「你只管放心，他們高傲，但是絕不卑劣。」

我道：「那就行了。」

艾泊望了我一會，但是卻並沒有說什麼。

那時，在古城中，已經響起了一陣陣奇怪的號角之聲，也隱隱地可以聽得喧嘩的人聲。費沙族長的面色，絕不像剛才尤普多削去我頭髮時那樣地得意了。他只是轉過頭來，冷冷地對我道：「比試就要開始了。」

我大踏步地向外走去。

我才走出了廟堂，尤普多便趕了過來，和我並肩向前走去。我們兩人並不說話，他連看也不看我，只是嚴肅無比地向前走着。

我向他望了幾眼，面上的神情，也不由自主地嚴肅了起來。

那不僅是因為我將和尤普多作生死爭鬥，而且是因為沿途所遇到的人，不論是大人小孩，沒有一個不是神情莊嚴地望着我們之故！

我是在向他們民族的榮譽挑戰！一想到這一點，我想笑也笑不出來了！

我們一直走到那個石坪之上站定，那古怪的號角聲也驟然停了下來。這時，在空地的四周圍，圍滿了人，我相信這一族中，凡是能夠走動的人，都已經出來觀看我和尤普多的比試了。

但是，人雖然多，卻是靜得出奇。

這時，正是天色微明時分，灰濛濛的天色，照着這個奇異而神秘的古城，強悍而自傲的民族，而我則面臨着嚴重的挑戰。我的心境，十分難以形容。

費沙族長緩緩地向我們兩人走來，他先對我道：「你有權選擇一柄好刀的。」

我向我自己手中的彎刀望了一眼：「謝謝你，我覺得這柄就很不錯。」

費沙族長道：「那麼，平舉你的武器。」

我平平地舉起了我的彎刀，尤普多站在我的對面，也將他的彎刀，平平舉起，兩柄刀的刀尖相碰，兩柄彎刀的刀尖湊在一起，使得兩柄刀成了一個奇異的「S」形狀。

費沙族長向後退了出去，我只當他退出之後，一定要下令比試開始了，所以我的心情更是緊張。

第十九部

生死決鬥

但是，出乎我意料的，費沙族長雖然下令比試，只不過他所說的話，卻令我大為愕然。他十分莊嚴地道：「天色快要亮了，萬能的太陽，將要升起，在第一絲陽光射入古城之際，你們兩人才能開始比試，願真神阿拉護佑你們！」

當第一絲陽光射入古城中才可以動手，我幾乎高聲叫了出來，尤普多是生活在這座古城之中的，他自然更容易知道太陽在什麼時候，將會照射到這座古城，而我卻只能緊張地等待着。

尤普多的出刀是如此之快，只要給他佔到了半秒鐘的先機，我就危險了！

我略略轉過頭，向艾泊看去，只見艾泊的面色，比月台下的石塊還要灰白。我立即又轉過頭來，在剎那間，我已經想好了對策。我雙眼一眨也不眨地望着莊嚴如石像的尤普多，但是我的目光卻不是停在他的面上，而是停在他的胸口。

他的胸口的衣服，被我削出了一個圓圈，胸膛可笑地露在外面。

我愈向他注視，他便愈是顯得不安，這一點，我是可以從他的眼神之中看出來的。

不到十分鐘，他的彎刀刀尖，甚至在作輕微的抖動，看來他更不安了。因為這時，千百雙眼睛也可能注視着他可笑的胸膛。

當然，人家同樣可以知道我頭上的頭髮，去了一片是尤普多的傑作，但人家卻不會笑我，因為我是一個外來客，而尤普多卻是尤普多。

我抬起頭來，望向尤普多，只見他面肉抖動着，眼中的神色十分憤怒。他發怒了！這正是我想要達到的目的。

因為在快速的進攻中，若是憤怒的話，往往會作出最錯誤的決定的。

我等待着尤普多首先向我作進攻。

天色慢慢地亮了起來，太陽可能已經升起了，只不過它的光線未曾照到這個古城而已，我雖然已使尤普多發怒，但尤普多快刀給我的印象，仍然使我不能十分樂觀。我幾乎是屏住氣息地等待着。

突然，我看到尤普多的面上，現出了一種久經壓抑，將可獲得發泄的神情。我立即知道，第一絲陽光要射到古城中來了。我立即身形微矮，也就在這時，尤普多的彎刀，迎着第一道射入城中的陽光，像是一道閃電一樣，向我的肩頭劈了下來！

我在身形一矮之際，早已打定了退開的主意，刀光一閃，我已向外掠了出去，但是尤普多的那一刀，仍然使我的衣袖被割裂。

我一後退，尤普多立即跳躍着逼了過來。他的來勢之快，實是大大地出乎我的意料，而他的刀法，也絕不是我事先想像的那樣不夠周密的。

在接下來的五分鐘之中，我可以毫不誇張的說，是我一生之中最接近死亡的時刻。

寒森森的刀光，在我的四周圍不斷地閃耀着，呼嘯着，像是上天忽然大發雷霆之怒，感到了不需要我這個人的存在，而發出了無數閃電要將我擊中一樣。

我盡我所能地躲避着，我跳躍，閃動，打滾，翻身，但是在五分鐘後，我的身上，也已多出了許多道血痕，我身上的衣服，已經不成為衣服了。

然後，我開始反攻了。

彎刀和彎刀的相擊，發出驚心動魄的鏘然之聲，旁觀眾人的氣息屏得更緊張，我開始聽到了尤普多的喘息聲，在我開始反攻的五分鐘，尤普多已經漸漸地失去了優勢，在急於取勝的情形下，他開始犯錯誤了。

他在我一刀橫揮，向他的腰際削出之際，身子陡地一矮，幾乎是蹲在地上。我的那一刀，在他的頭頂「刷」地掠了過去。

如果尤普多不是急於取勝的話，他在避開了我這一刀之後，應該迅速後退，判明情況之後，再作進攻的，或許他根本不應該用這種方法向我進攻，但這時，他才避過這一刀，手中的彎刀，便突然向我的胸口疾刺了過來！

我無法不承認這是精彩絕倫、大膽之極的一刀，但我等這個機會，也已等了許久了！

就在他一刀由下而上，向我刺來之際，我陡地向上躍起，自他的頭上躍過，到了他的背後。

尤普多一定想在他的這一刀上，來結束爭鬥的，所以這一刀力道用得極大，人也站了起來，而當我躍起之後，他那一刀，也已刺空，一時收不住勢子，整個人向前一衝。

我早料到會有這樣的情形發生了，我一躍到了他的背後，手肘一縮，刀柄已經撞在尤普多的背心之上。

尤普多發出了一下猶如野獸嗥叫也似的聲音，身子又向前跌出了一步。

但是他仍然不愧是第一流的刀手，在踉蹌向前跌出之際，竟然疾轉過身來，反手向我發出了一刀！

只不過我又已較他早一步發作，我向他攻出的一刀，已然到達，刀背擊在他的手背之上，令得他五指一鬆，那反手和他的刀只砍到一半，刀便離手了，我連忙手一縮，使我的刀和他的刀相碰，發出「鏘」地一聲響，然而我鬆開手，讓我的刀和他的刀，一齊落到了地上。

我的動作十分快疾，尤普多的動作也不慢，在旁人看來，就像是我們兩人的彎刀相碰，大家的刀一齊震跌在地一樣。

但尤普多卻是知道的，他呆呆地站着，面色難看到了極點。

我連忙叫道：「艾泊，你看，我竟可以和這個阿拉伯一流刀手打成了平手！」

尤普多的身子震動了一下，以不明白的神氣望着我。我向他一笑：「我們兩人同是偉大的刀手，是不是？或許是真神阿拉要兩個偉大的刀手同時存在世上，所以我們的刀相碰，便一齊跌到了地上！」

尤普多張起了手臂，好一會說不出話來，只見他嘴唇抖動着。

我看到他這種情形，便已經知道他明白我的用意了。我微笑地望着他，只見他的口唇哆嗦了好一會，才叫出了四個字來：「真神阿拉！」

接着，他向我衝了過來，以他長而有力的手臂抱住了我，我也抱住了他，我們相互拍擊着對方的脊背，四周觀眾這時候，突然爆發出一陣如雷也似的歡呼聲，簡直是驚天動地。我相信，埃及政府如果在三十里之內有巡邏隊的話，那麼他們一定可以發現這個民族的聚居之地了！

我和尤普多兩人分了開來，尤普多拾起了他的彎刀，交到了我的手中，我也拾起了我的彎刀，交到了他的手中去。

我和尤普多的爭鬥，還不到半小時，但這時陽光已經照射到這座被人遺忘的古城的每一個角落了。

人們像是發瘋似地跳着、嚷着。然後，費沙族長緩緩向我們走過來。等到費沙族長來到我和尤普多身前之際，人聲突然又靜了下來。

費沙族長轉向我，呆了一呆，向我作出一個十分古怪的動作，但是我卻立即體會到，那是費沙族長在向我行禮！

人的情緒是一種十分奇怪的東西。我因為不肯向費沙族長鞠躬，所以才和尤普多比刀，冒了一場大險。但這時，我卻立即向費沙族長鞠下躬去，還了他一禮。

費沙族長在我直起身子之後，將手按在我的肩上，以極低的聲音道：「其實你可以不必還禮的。」

我笑道：「你以為我是不講禮貌的麼？」

費沙略呆了一呆：「我在你的身上，認識中國人了。」

我道：「我也在你的身上，認識阿拉伯人了。」

我相信費沙族長本身，也是一個傑出的刀手，他一定是看得出我和尤普多的比武，並不是平手，而是我已經取勝了的。

所以，他才向我行禮。他是一族之長，所有他治下的人全在這裏，他卻毫不猶豫地向我行禮，這便是一件十分難能可貴的事情。這顯出他們整個民族，是一個十分高貴的民族。

因為如果他的品格卑劣的話，他一定會下令，令刀手向我圍攻，若是費沙族長下了這樣命令的話，我是絕難逃生的了。

艾泊衝了過來，我們兩人又擁抱了片刻，費沙族長一手拉着我，一手拉着尤普多，一齊向前走去，所有的人又發出如雷鳴也似的歡呼聲，我們到了廟堂之後，歡呼聲仍在繼續着。

費沙族長和我們，一齊坐了下來，他的侍者捧上了土製的劣酒，卻是放在最精緻的古埃及酒器之中的。

我大口地喝着那種事實上是難以入口的劣酒，費沙族長問我：「你們到這裏來，當然不是為了旅行，那是為了什麼？」

我抹了抹口角流下來的酒：「我們來尋找一座失了蹤的金字塔。」

費沙族長一聽，手震了一震，捧在手中的酒，甚至濺了出來。

我呆了一呆：「怎麼，事情有什麼不對麼？」

費沙連忙道：「沒有什麼，你所說的……金字塔，是在什麼地方？」

我已經看出，費沙族長的心中，正有什麼事情在瞞着我，我直視着他：「就在這裏附近，你可以告訴我，我要找的金字塔是在什麼地方麼？」

他的身子又是一震，酒再度自酒杯中灑了出來。他忽然笑了起來，那種勉強之極的乾笑，當然是為了掩飾他的窘態而發的。

他笑了好一會，才道：「這倒有趣了，我絕不知道這裏附近，有着什麼金字塔。」

本來，我也不能肯定費沙族長是不是知道我所要找的金字塔的所在地，因為這座金字塔在地面上消失已有許多年了，它可能被埋在極深的沙下面。但是聽到了費沙族長那種笨拙的否認之後，我卻感到，他是知道的，至少他是有着概念，而絕不是像他那樣所說，一無所知的。

我逼視着他，他轉過頭去，不敢和我相望。

我正想再說什麼時，艾泊忽然嘆了一口氣：「費沙老友，你變了。」

費沙族長的面上，頓時紅了起來：「艾泊，你這話是什麼意思？」

艾泊搖了搖頭：「老友，你自己明白。」

費沙面上的神色，十分激動，陡地站了起來：「艾泊，難道我不顧全族人的命運而將我所知的告訴他麼，你說。」

艾泊十分冷靜：「你可以告訴他，你是不能說，並不是不知道。」

費沙吸了一口氣，轉頭向我望來，道：「好，我告訴你，你要找的那座金字塔在什麼地方，我是知道的，但是我不能告訴你，雖然你是我極其尊敬的人。」

我裝成不在乎地笑了笑，像是我不準備再繼續追問下去一樣，但是我的心中，卻是大為高興，既已有了線索，我豈肯放棄追尋？我道：「是為什麼原因，你可以告訴我麼？」

費沙族長道：「可以的，這座金字塔，保佑着我們全族的平安，絕不能讓外人去侵擾的。」

我幾乎要怒得高跳了起來，原來費沙族長是為着迷信的原因，這自然是最愚昧的原因，但卻也是個最固執的原因了。

我又裝出微笑，道：「原來如此，你說『不許外入侵擾』，你的意思是說，這座金字塔是在外人可以到達的地方麼！」

費沙族長搖頭道：「我所能夠講的，就是那些，我沒有別的話可說了。」

我站了起來：「看來你們的護佑神並不怎樣照顧你們的民族，因為你們窮困、貧乏，幾乎是在這古城之中等死！」

費沙族長像是要發怒，但是卻發不出來，因為我所講的是事實，他只是道：「至少，埃及政府的軍隊，未曾發現我們，我們能以生存下去。」

我試探着他，道：「你有沒有想過，你可以和政府講和呢？」

費沙嘆了一口氣。艾泊代他道：「沒有辦法，現政府不知從什麼地方，獲得了一個錯誤的情報，硬說廢王有一批重要的珍寶，落在他手上。現政府追捕他，倒不是為了政治上的原因，因為誰也知道那個廢王是絕不可能捲土重來的了。」

我聽了之後，心中大是高興，因為這與我原來的計劃，恰好吻合！我忙道：「我倒有一個辦法可以使你能滿足埃及政府的要求，那麼你和你的族人，也不必再侷處在這個古城之中了！」

費沙望着我，一聲不出。艾泊搖手道：「衛斯理，你不會有辦法的，埃及政府向他需索的，是一批價值大得驚人的珍寶。」

我點頭道：「我知道，我可以提供一個寶藏的線索，叫費沙族長將這項線索供給埃及政府，來換取他們整個民族的自由。」

費沙仍是望着我，面上露出不可相信的神色來。我續道：「那是十二顆經過極其粗糙的手工琢磨的鑽石，每一顆約有三百克拉上下。」

艾泊身子搖晃着，站了起來：「你在做夢，你在做夢！」

費沙道：「你……自己為什麼不去取？」

我聳了聳肩，道：「人沒有不愛金錢的，因為金錢幾乎可以使人得到他所需要的一切。但是，我也總弄不懂，一個人有了一千萬，和一萬萬之間有什麼不同，一個人的享受總是極有限的。我雖然沒有一千萬，但是我的生活過得很好，我想要的東西都有，那十二顆鑽石，對我來說，只是十二塊可以反光的石頭而已。」

費沙族長喃喃地道：「有了這樣的寶藏，那麼我的民族的確可以自由了。」

我續道：「在一座神廟的廢墟之下，便蘊藏着十二顆鑽石，你只要稍向埃及政府證明這一點就行了，是不是？」

費沙族長道：「是的，那樣，我們可以找到一個綠洲，在綠洲旁居住下來，而不是在這裏，從十幾丈深的地底，來汲取泥漿似的井水了。」

我笑了笑：「費沙老友，你相信我的話麼？」

費沙笑了起來：「衛斯理老友，我有什麼理由懷疑你這樣的人所說的話呢？等你從那個金字塔回來之後，我和你一起到開羅去。」

我心中的高興，實是難以形容，但是我卻不使自己的高興太以顯露，因為那會使我看來，一切全是我自己在為自己打算。

我只是順口問道：「那金字塔難道並不是被埋在沙下面麼？」

費沙族長道：「當然是埋在沙下面，要不然早已被人發現了，但是，這座古城和那座金字塔，卻像是有關係的，因為從古城之中，有一條地道，是可以通到那座金字塔的內部的。」

我不由自主身子俯前：「當真？」

費沙點頭道：「我走過那條地道，但是只走到一半，我便不敢再向前走去，但在地道石塊上面所刻的古代文字中，我知道這是通向一個金字塔的。你不要以為我只是一個落後民族的族長，我還是一個古代埃及歷史研究的權威和人種學的博士。」

我聳了聳肩：「老友，我難道曾經說過你是一個文盲麼？」

費沙「哈哈」地大笑起來：「上一次我只是一個人進入地道，所以半途而返，這一次我們幾個人去，我想可以直達這座金字塔的內部了。」

我道：「進入金字塔的內部，是一件十分危險的事，古代的咒語，可能會令人莫名其妙地喪生，幾千年被閉塞在塔內的空氣，也可能已成為最毒的毒氣，費沙，你何必去冒這個險？」

費沙族長道：「好，我可以不去，但是你卻沒有人帶路。」

艾泊高叫道：「啊，你竟撒起賴來了！」

第二十部

金字塔內部探險

這時，我們三個人，已相互以「老友」稱呼，而事實上，我們也完全成為老朋友了。

艾泊站了起來，向費沙族長要了兩個阿拉伯人，去我們的營地搬運必須的物品。而我則和費沙族長繼續在廟堂中交談。

我聽得費沙族長說他自己是古埃及歷史的權威，我不禁大感興趣，我和他閒談了片刻，便道：「這座古城是什麼時候建造的，你可知道麼？」

費沙道：「據我的考據，這是在亞西利亞帝國滅亡之後不多久的事情。」

我點了點頭，其實我對於費沙所說的時代，也沒有什麼概念，我有興趣的只是那座古城是為什麼而建造的。我將這個問題，向他提了出來。

費沙「哈」地一聲：「老友，我對於古埃及的歷史，知道千百萬件的事情，我甚至可以背得出安東尼的演詞，但是你為什麼單問一件我所不知道的事呢？」

我苦笑了一下：「那麼，你對於那『看不見的神』，又有什麼意見。」

費沙道：「那不是埃及的神，這正是使我迷惑的地方，你有什麼概念呢？」

我道：「我的意見是，在很古很古的時候，在遙遠遙遠的地方，有一族人，忽然成為隱身人了，那使他們全族趨於毀滅，只有幾個人，堅強得能周遊世界，去尋找使他們復原的辦法……」

費沙以手加額，作出一個無可奈何的神情來。我不理會他諷刺的神情，繼續說下去：「他們到了埃及，也達到了他們的目的，而隱身法則藏在我們要去的金字塔中。」

費沙揚手道：「老友，我承認你的想像力十分豐富，鑽石對你的確沒有用處，因為你的想像，可以使鑽石的光芒也為之失色。」

我只是笑了笑，並不作答辯。

因為要講起來，那實在是一件太長的事了，又要從那隻黃銅箱子開始講起——

我們又談了些別的事，艾泊已經回來了，他取來了電筒、帶有鈎子的繩索和氧氣筒，這一切都是必須的用具，還有一套鑿子，是用來弄開鎖住的門的，使我們能在遇到阻礙時繼續通行。

我道：「好，那地道的入口處，是在什麼地方。」

費沙提起了氧氣筒，揹在背上，並且取過了一隻強力的電筒和一具紅外線觀察器，那是萬一在電筒失效的時候，用來在黑暗中分辨物事用的。

艾泊跟在我的後面，我們一齊向廟堂的後面走去，到了一個天井之中，我看到了兩口井，一口井上，有着井架，另一個井則沒有。

我忙道：「不要問我為什麼知道，我可以肯定，地道的入口處，是在左邊的那口井中。」

費沙轉過頭來：「你似乎什麼都知道，不是麼？」

我笑了笑，造這座古城的工程師，和造那座大廟的工程師，顯然是同一個人，地道入口的式樣，也是一樣的。

費沙首先下了井，我也跟着下去，艾泊在最後。

不消多久，我們便到井底，艾泊和我一齊開亮了電筒。費沙道：「一具電筒就夠了，甬道很長，要節省用電。」

我熄了手中的電筒，艾泊越過我，走在我的前面，那條甬道和通向那座古城的一條一樣，全是用大石塊所砌成的。

古埃及人的工程知識，實是令人吃驚，而埃及人民的耐勞能力，更是令人難以想像。

當然，這條甬道的工程，還絕不能和大金字塔的工程相提並論，但已使人感到，那是一項奇蹟了。

確如費沙族長所言，那條甬道十分長。

我們在甬道中走着，足足有四十分鐘，在電筒的光芒照射下，我們才看到了一扇圓形的門，那扇門是鍍金的，金光燦爛，奪目異常。

那扇門，像是潛艇上的出口處一樣，剛好可供人通行。我一看到了那扇金門，便也將電筒打亮。

費沙回過頭來：「在我們打開門之前，最好先戴上氧氣面具。」我們所準備的氧氣面具，是和潛水用的一樣，連眼睛的部分也有掩遮，因為從金字塔中噴出來的毒氣可能損及眼睛。

費沙族長開始用力地去推那扇金鑄的小圓門，艾泊幫着他，由於甬道太狹，我便只能在他們兩人的身後看他們出力。

那扇金鑄的小圓門，慢慢地被推了開來，終於完全打開了。

圓門一打開，我們三人都不禁陡地一怔。

因為，從圓門的裏面，竟傳來了一陣奇異的聲音，似哭非哭，似笑非笑，聽來令人毛髮直豎，不由自主，出了一身冷汗。

費沙族長並不是沒有知識的人，他剛才還在向我誇耀他是權威、博士。但這時一聽得那一陣淒厲的聲音，他立即後退，貼在甬道壁上，不住發抖。

那種恐怖的聲音，乍一傳入耳中，我也為之毛髮直豎，那就像是在我們要去的金字塔中，有着千年未腐的木乃伊，這時正以這種可怖的聲音，在歡迎我們前去一樣。

但是，我略想了一想，便明白了那聲音的來源。

這扇圓門，自然是通向金字塔的了，圓門一打開，甬道中的空氣，和金字塔中停滯了幾千年不動的空氣，發生了對流，所以才產生出那種怪聲來的，那就像是將耳朵對準了一隻空大口瓶，耳際便會聽到「嗡嗡」的聲音一樣。

我連忙取出了一枝尖筆，在右壁上寫道：「這是空氣對流聲，我們不必驚惶。」

費沙族長呆了片刻，點了點頭，艾泊已打亮了電筒，向圓門之內照去。

只見圓門之內，仍是一條甬道，但見那條甬道的高度，卻只能供人爬行，而絕無法站立起來。我取出了打火機，沒有法子打得着火。這表示空氣中甚至沒有氧，我們當然不能除去氧氣筒。

艾泊試着先爬了進去，揹着氧氣筒，我們幾乎連轉身的可能都沒有，只能慢慢地向前爬着。在爬行了約莫二十呎之後，前面又是一扇金鑄的小圓門。

在那扇小圓門上，鑄着一個牛首人身的神像，神像雖小，但是形態猛惡，兩隻突出的眼睛，像是正在瞪着我們一樣！

我們都知道，如今我們已經深入到那個被黃沙掩埋的金字塔中心了。在一個失蹤了的金字塔的中心，這件事的本身，便帶有極其詭異恐怖的意味。

艾泊用力將那扇小圓門推了開來，他又向前爬出了兩步，突然，他的身子向下一傾，便跌了下去。費沙族長連忙伸手去拉他，卻已慢了一步。我們兩人，聽到了重物墮地之聲。

根據我的經驗，這重物墮地之聲，是在三公尺左右之下傳了上來的，也就是說，艾泊墜下了並不很多，費沙回過頭來看我，我焦急得想除下氧氣筒的口塞來，向艾泊大聲喝問，但幾乎是在同時，我們又聽得下面傳來了長短不同的敲打之聲。

艾泊以摩士電碼在向我們通話，我和費沙兩人，仔細地聽着，只聽得艾泊敲出了如下的字句：「我跌傷了腳踝，你們下來的時候要小心。」

費沙立即回答他：「我們知道了。」他也是以摩士電碼回答他的。

在我們的口中都塞着氧氣筒的口塞的情形下，這自然是最好的通話方法了。

費沙又慢慢地向前爬去，我看着他的身子，在甬道的盡頭處伸出，然後也跌了下去。我再向前爬出，也同樣地跌了下去。

由於我和費沙兩人，都有了準備，所以儘管我們身上負着沉重的氧氣筒，也未曾受傷。我們先察看艾泊，幸運得很，他的傷勢也不很嚴重，還可以行走。

我將他扶起來，然後以電筒四面掃射，以弄清楚我們究竟置身於何處。

我們看到，如今我們是在一間石室之中，那間石室除了一具石棺之外，別無他物。那具石棺，足有三公尺。而在石室的另一端，則有一扇石門，可以通往他處。

艾泊轉頭向我望來，手在石棺上敲着：「怎麼樣？」

我回答他：「將石棺敲開來，我們要尋找的秘密，可能就在石棺中。」

在我們進來的時候，是帶備了必要的工具的，我們有硬度極高的鑿子，也有鎚子。我們三個人，沿着石棺的周圍，工作起來。

那石棺的棺蓋，幾乎等於半個石棺一樣，我們三人，費了許多工夫，才將棺蓋弄得鬆動，然後才用力將棺推了開來，棺蓋發出隆然巨響，跌在一邊，我們一齊定睛看去，不禁苦笑了起來：在石棺裏面，還有一具銅棺！

我們費了那麼大的工夫，將石棺打開，只當可以看清石棺裏面的東西了。怎知石棺裏面，竟還有一具銅棺。

我最先俯下身去，去檢查那具銅棺，我立即揚手作歡欣之狀，因為我發現那具銅棺，是用幾個栓將棺蓋拴住的，只要拔出銅栓，棺蓋便可以打開了。

我們三人，將栓拔去，又將沉重的銅棺棺蓋，搬了開去。

我們看到了一具木乃伊。

那具木乃伊，和尋常的木乃伊，並沒有不同之處，包紮得十分好。在木乃伊之旁，並沒有別的東西。我攤了攤手，向那扇門指了一指，在這裏既然是一無所獲，我們當然要深入一層了。

艾泊則指着氧氣儲量的指示表，我回頭一看，也不禁呆了一呆，我們的氧氣，已經用去一半了。我向費沙望去，費沙敲出了電碼：「我退出去，帶人運氧氣筒進來，你們繼續前去。」

我點了點頭，費沙退了出去，我和艾泊兩人，到了那扇石門之前，用力推去。那扇門竟能給我們推得開，我們一齊走了進去，那是另一間石室，石室之中，有着一張鐵鑄成的桌子，桌子的形式十分奇特，像是中國人利用天然樹根做成的几一樣。

在那張桌子上面，放着一隻黃銅盒子，除此之外，這間石室中，也沒有別的東西了。

我拿起那隻沉甸甸的盒子，搖了搖，盒中有東西在「卜卜」作聲。

那隻黃銅盒子，一看便知道和王俊給我的那黃銅箱子，是出於同一匠人之手的。我心中想，使透明人變為正常人的秘密，是不是就在這盒子中呢？還是在這隻盒子中，所放的那種會發射出異樣的放射光，可以使人變成透明的怪物的礦物呢？

如果是前者的話，那麼我們到這裏來的目的，已經達到了。

但如果是後者的話，在這間石室中，我們沒有法子避得透明光的照射，我和艾泊兩人，也無可避免地要成為透明人了！

我呆立了片刻，艾泊不斷地詢問我：怎麼樣？我抬頭看了看，這間石室別無通道，看來我們在金字塔中的中心部分，而整個金字塔全是石塊，也只有中心部分有這樣兩間石室。

我將事情的經過，用電碼大略地向艾泊解釋了一遍，艾泊到這時，才知道我所說的隱身一事，並不是在開玩笑。

他攤了攤手，敲出如下的電碼：「如果我們命中注定要變透明人的話，那就做透明人好了，設法將那盒子打開來吧。」

我動用了手中的鑿子和鎚子，大力向那隻黃銅盒子蓋縫鑿去，沒有幾下，盒蓋和盒子連接的絞鏈，便已被我鑿斷了，我將盒子蓋掀了開來，我立即後退了一步，心中狂跳起來。

盒子中放着一塊四隻拳頭大小的礦物——我說不上那是什麼來，所以只能稱之為「礦物」。那東西發出一種十分奇異的光芒，不是一種，而有多種的光芒，色彩的絢麗變幻，是我從來也未曾看到過的。

我呆呆地望着那塊礦物，那種奇麗的彩光是一道被揉碎了的虹，而虹的七彩，紅、橙、黃、綠、青、藍、紫，又各自揉合變化，成了幾十種其他的顏色，各自在爭妍競麗，那實是不可思議的一種現象。

我一面站着發呆，一面心中想着：這一定是透明光了，這一定就是使人變成透明人的光芒，我已經在變了麼？

我連忙向我的身子看去，它們沒有變，我手上的肌肉還在，並沒有消失，我捋起衣袖，臂上的肌肉也還在，未曾從我的視線上消失。

我再向艾泊看去，他顯然也為那種奪目的光彩而在出神，他也和常人一樣，未曾起變化。

那竟不是透明光麼？還是時間尚短，變化還沒有發生呢？

我那時竟蠢得只知道去尋求這個答案，而不去立時將盒子蓋蓋上。

我足足站了近十分鐘，才突然想起，若是時間還不夠使我變成透明人的話，那我一定要將盒蓋快些蓋上才是。我連忙蓋好了盒蓋，才聽得艾泊打出電碼：老天，這是什麼東西啊！

我回答他：那就是透明光。

艾泊不同意：我們兩人怎麼沒有變成透明人。

我苦笑着：我也不明白，我真的不明白，那東西是礦物，所發出的奇異光芒，一定是透明光……等一等……等一等……

我敲打電碼到了這時，突然想了起來，王彥和燕芬都曾告訴過我，他們所看到的，是一片奪目的白色的光芒，而不是多彩的！

我停了片刻，繼續敲打着，節奏快了許多，那是因為我心中的興奮：我記起來了，透明光是一種強烈的白色光芒，並不是多彩的，像我們如今所見到的那樣，我們所找到的，一定是「反透明光」，也就是我們行動的目的達到了。

艾泊敲道：「那我們快帶着盒子，退出去吧，氧氣快要用完了。」我點頭答應，將那隻黃銅盒子挾在脅下，向外走去，艾泊跟在我的後面。

我們兩人在甬道中爬行着，剛好到了甬道的盡頭，費沙已帶着人來了。我們關上了通向金字塔內部的小圓門，除下了氧氣面罩。

費沙問道：「怎麼退出來了？」

艾泊道：「我們要找的東西，已經找到了。」

費沙道：「不必再到金字塔中去了麼？」

我道：「相信不用去了。」

費沙笑道：「我也有一個好消息要告訴你們，我已經用一具發報機，向我們在開羅的代表聯繫過了，他認為你的建議，的確是可以使我們這一族恢復自由的，他已經和政府在接頭了。」

我握住了他的手，道：「我要衷心地祝賀你成功。」

我們通過甬道，又從那口井中，爬了出來，費沙還要留我們在古城中逗留幾日，但我卻心急着要趕回開羅去，因為我知道王彥和燕芬兩人，在那孤島之上，一定是等得心神俱焦了。

我們和費沙族長告別，步行回到我們的營地，艾泊在營帳中躺了下來：「衛斯理，當你和尤普多動手的時候，真嚇死我了。」

我笑了一下，道：「別説是你，我也嚇得冷汗直淋。」

艾泊望着我：「你這個中國人，似乎是無所不能的。」

我連忙道：「艾泊，你千萬別那麼說，我其實只是一個浪子，哪裏當得上無所不能這個稱號？」

艾泊道：「你如今已掌握了隱身法，還不算是無所不能麼？」

我道：「我絕不想做隱身人，因為我知道有一個非常能幹的人，在成了隱身人之後，根本已沒有做人的樂趣了！」

艾泊笑了起來，我又道：「我只是想去救兩個已成了透明人的年輕人，我走到他們的面前，將盒蓋一揭開來，盒中礦物所放射出七彩的光線，使他們在剎那間回復正常，我的冒險也有代價了。」

第二十一部

變成了隱身人

我一面說，一面伸手按在那盒子的盒蓋上，那盒子就在我的面前，而我是盤腿坐在地上的。當講完之後，我的手便提起來。

那隻黃銅盒子，是被我鑿斷絞鏈的，所以盒蓋只是蓋在盒上，而當我手提起來之際，盒蓋震動了一下，向旁移動了寸許，盒蓋和盒子之間，便出現了一道縫。

也就在那道縫中，一道強烈之極的白光，陡地射了出來！

那道白色的光芒，是如此之強烈，像是在剎那之間，有一團灼熱的、白色的火球，跌到了我們的帳篷之中一樣，艾泊陡地坐了起來，在剎那之間，由於強光的逼射，我什麼也看不見。

也就在那時候，我的心中，突然生出了一種莫名的恐怖之感，我的身子甚至也在簌簌地抖着，我只聽得艾泊叫道：「天啊！我的手！」

我連忙低頭，向我自己的手看去。我也怪聲叫了起來：「我的手……」

我的手，我放在身前的手，手上的肌肉正在從我視線中消失，那變化是如此之快，令得我心中，甚至還不及去轉什麼念頭，我的兩隻手便已經成為兩副骨骼。

就在這時候，我陡地聽到了哭泣之聲，我連忙轉過頭去，只見艾泊雙手掩面——不，是兩副手骨，掩住了一個骷髏。

聽聲音，他是正在哭泣，但是我無法肯定他是不是真的在哭泣，因為他頭臉上之肌肉，已完全在視線中消失了，我沒有法子可以看得出他面上的神情來。

我不由自主地向自己的面上摸去，當然我面上的肌肉還在，但是我卻知道，它們一定已是看不見的了。

在接下來的幾分鐘之中，我的心情慌亂，到了前所未有的境界。

然後，我才勉強恢復了一點神志，撲了過去，將銅盒的盒蓋蓋上。

剛才，由那礦物放射出來的極亮、極白的光芒，充滿了整個帳篷，這時，銅盒蓋一被蓋上，帳篷之內頓時成了一片黑暗。

我不斷地喘着氣，雖然我還不至於哭出聲，但是我的心中卻真正地想哭。

我像是回到了童年，一個人在黑夜中迷失了路途。又像是處身在一個極度恐怖的噩夢中，我內心的恐懼，是難以形容的。

我想起了那冊《原色熱帶魚圖譜》中對透明魚的註釋：有着自我的恐懼感。我如今成了一個透明人，我才知道那種難以控制的恐懼，那種產自心底深處，緊緊地攫住了你體內每一根神經、每一個細胞的恐懼，究竟是怎麼一回事！

那比起一個等候判決的謀殺犯、一個要被人行私刑的無辜者的恐懼心情來，更要令人難以抵受。

我可以自誇地說，我和艾泊兩人，都是極其堅強的人。

但這時，艾泊不斷地哭着，我則只是像離水的魚兒一樣地喘着氣，像是除了這兩個動作之外，我們什麼都不能做一樣。

過了許久，我才漸漸克服了那種致命的恐懼之感，心中覺得略為好過了些。

艾泊在這時候，也止住了哭聲，但是他的聲音仍是十分嗚咽：「衛斯理，這……是怎麼一回事？」

我深深吸了一口氣：「我也不知道，但我們已變成透明人了。」

艾泊道：「為什麼變了，你……曾經說那盒中的東西，所放射出來的是『反透明光』，為什麼忽然變了，變成透明光了？」

我苦笑着，捧着頭，搖着，艾泊轉過頭去，不看我。一副頸骨撐住一副頭骨在搖着，這絕不是好看的景象，那是可想而知的事情。

我道：「我不知道為什麼！」

艾泊道：「我們怎麼辦？」

我道：「我只知道，如果我們再繼續受那種光芒照射，我們便可以成為隱身人，那……或者比現在好些。」

艾泊幾乎毫不考慮：「不！」

我也想不到，為了要使王彥和燕芬兩人，不再繼續做透明人，我來到了埃及，經過了那麼曲折的過程，但結果我自己卻也變成了透明人！

我頹然地坐着，艾泊不斷地道：「想想辦法，我不要變成透明的怪物，我也不要做隱身人，讓我做一個普通人吧，讓我做一個酒鬼，一個微不足道的開羅街頭的流浪者！」

我沒有法子回答艾泊的話。

因為我也不願做透明人、隱身人，我寧願是一個生滿了疥瘡的乞丐，躺在街頭捉虱子，自己可以看到自己的肌肉，而不是看到自己的骨頭。

好一會，我才道：「你還記得在金字塔中心麼？」

艾泊道：「有什麼好記的？」

我道：「同樣的一塊礦物，為什麼那時放射出來的，是七彩絢麗的光芒，而到了帳篷之中，便成了亮白的透明光了呢？」

艾泊道：「誰知道，或許是一個巫鬼，喝一聲變，就變成那樣了。」

我又呆了一會，才道：「艾泊，你不要灰心，據我知道，在幾千年前，到達埃及的透明人，的確是在埃及恢復原狀的，在埃及，一定有着一種物事，可以放射出『反透明光』來的。」

艾泊道：「你一度曾經說你已經找到了反透明光！」

我手又按在盒蓋之上，終於，我又揭開了那盒子的盒蓋來。

在耀目的白光之中，艾泊驚叫道：「作什麼？」

我迅速地向盒中看了一眼，又將盒蓋蓋上。盒中所放的只是一塊礦物，大小形狀，都和我第一次看到它的時候一樣。

只不過當我第一次看到它的時候，它放射出來的是七彩絢麗的光芒，而如今，卻是耀目的白光。為什麼它會變了呢？

我心中一片惘然，一點頭緒也沒有。艾泊將他的身子緊緊地縮在帳篷的一角，我也沒有勇氣向他望去。我們兩人在那樣無可奈何的情形下呆等着，究竟是在等着什麼，連我們自己也不知道。

我的腦中亂到了極點，像是一個滾滾的大漩渦，在濁水之中，什麼都有，但都迅速無比的旋轉着，使人難以捕捉到一個完整的印象。

我想着印加古帝國的酋長來到了埃及後，是怎樣恢復正常的，又想着何以同一塊礦物，在忽然之間，放射出來的光芒會突然不同。

我想了許久許久，突然我覺得有一點頭緒可以追尋了。

我想到了一點頭緒，在金字塔中，我們是佩着氧氣筒的，我曾經打過打火機，因為極度的缺氧，打火機無法燃得着。

埃及人為了更好地保存木乃伊，早已知道用壓縮的方法，將金字塔中的空氣趕出來。經過了幾千年之久，金字塔的內部，即使不是真空，也和真空相去不遠。具有放射性的物質，在不同的環境之下，是會放射出不同性質的放射光的。

我想到了這裏，心中陡地一亮。

那塊礦物，和那黃銅箱子中的那一塊，使王彥、燕芬和勃拉克變成透明人的那一塊是一樣的。是印加帝國的流浪團帶來的。那種東西在正常的空氣下暴露，便發出灼白的光芒：透明光！

但是如果在像金字塔內部那種環境中暴露，它所發出來的光芒，是七彩的、絢麗的：反透明光！

我霍地站了起來，我深信我的推斷是不錯的。

因為我同時也想到了，索帕族的流浪者，為什麼會在埃及找到了他們復原的方法。

在當時，世界上當然沒有真空的設備，但在埃及是有的。

埃及有的是金字塔，金字塔的內部，便接近像真空的狀態。

我甚至可以肯定，當時他們一定是無意中進入了金字塔，又無意中發現在金字塔的內部，那種礦物的光芒不同，而使他們回復了正常。

我大聲叫道：「艾泊，我找到真正的反透明光了！」

艾泊的頭搖了搖，我看到他頸骨的合縫處，不斷地轉動着，如果不是那麼恐怖的話，這倒是一件十分滑稽的事情。

他道：「你已經找到過一次了。」

我道：「這次是真的，艾泊，我已經發現了其中的真正奧妙。」

艾泊苦笑道：「什麼奧妙？」

我道：「同樣的礦物，在金字塔內部，放射出七彩絢麗的光彩，但是在帳幕中，卻放射出白色的光芒，你知道為什麼？」

艾泊尖叫道：「天才知道為什麼！」

我道：「不是天知道，是我知道，艾泊，是因為金字塔的內部沒有空氣的緣故，你記得麼？我無法燃着我的打火機。」

艾泊的語調仍是十分沮喪：「那又怎麼樣？」

我已站了起來：「我們再到金字塔內部去！」艾泊突然怪笑起來，他的上顎骨和下顎骨迅速地在掀動着。

我大聲問道：「你笑什麼？」

艾泊道：「我們就這樣子去麼？還未到古城，就給人當妖怪來斬了！」

其實，我看到我們如今這樣的情形，而膽敢來斬我們的人，世上可能還不多。

但不要忘了我們是透明人，是心理上有着強烈的自我恐懼感的透明人，所以我一聽得艾泊那樣說法，便立即覺得他的講法，大是有理。

我呆了片刻，一拍手：「有了，我們可以索性多受透明光的照射，使我們的骨骼，也在視線中消失，成為隱身人，那麼，在我們再到金字塔去的途中，就沒有人能發現了。」

艾泊指着那隻黃銅盒子，道：「這盒子呢？我們當然要帶去，難道讓人家看到一隻盒子，在淩空飛舞麼？」

我苦笑了一下，道：「艾泊，你不能一點也不肯冒險的！」

艾泊突然大叫起來，道：「我就是跟了你來冒險，才成為如今這個樣子的！」

他一面叫着，一面突然向我撲了過來！

我絕料不到艾泊好端端地，竟然會有這樣瘋狂的行動，給他一撞，我跌倒在地上，他的雙手竟向我咽喉叉來。我並不準備責怪艾泊，他之所以行動失常，全是因為他成了透明人的關係，但是我卻必須擺脱他，我掙扎着，突然，我碰到了那隻盒子，盒蓋被開，強烈的白光，再度充滿了帳幕。

艾泊怪叫了一聲，一躍而起，向後退去，我瞪着他，他的頭顱漸漸地淡了，淡了，接着，便像是一個影子也似地消失了。

我再低頭看自己，我的雙手不見了，我捋了衣袖，我的手臂也不見了，而且，我的視線，立即也開始模糊，我所看到的一切，只是一片白濛濛的影子。

我如今是一個如假包換的隱身人了，但是我一點也沒有神通廣大，來去自如的感覺，我不知該怎麼才好，試想，一個人如果開刀割去了大腿之後，不見了大腿，該如何地傷心，難過？

而我，則不單是失去了大腿，我什麼都沒有了，我……我還是一個人麼？

我向艾泊看去，只看到一件衣服，一條袴子，在飛舞着。

由於這時候，光線已可以透過我的眼光之故，我的視力衰退到了幾乎等於零，我像處身在一場最濃最濃的濃霧之中。

我在地上摸索着，蓋上了盒蓋。

光線沒有那麼強烈，我的視覺才恢復了些。但卻也好不了多少，在那幾乎是視而不見的情形下，我們是根本不可能進行任何活動的。

這時候，我不禁十分佩服勃拉克成了隱身人之後，到我的家中來威脅過我，還曾跟我到過傑克少校的辦公室。而那時，他的視力也是差到了和患兩千度以上的近視一樣，若不是他的為人極度機警，這當然是沒有可能的事。

艾泊的哭泣聲，又傳入了我的耳中，他嗚咽着：「我在什麼地方？我人是在什麼地方？」

我吸了一口氣：「艾泊，你還在，你是一個隱身人了。」

艾泊神經質地叫道：「不，我不是隱身人，我已經死了，我只是靈魂，所以我看不到自己。」

我的心中又好氣又好笑：「如果現在在說話的，只是你的靈魂的話，那麼你應該可以看到你已經死了的屍體，它在哪裏？」

艾泊道：「我看不見，我什麼也看不見。」

我嘆了一口氣：「你連一個模糊的影子也看不見麼？」我脫下了上衣，在他面前揮動着。

艾泊道：「影子，我只看到一點模糊的影子，衛斯理，我們將永遠這樣子了麼？」

我道：「當然不，只要我們到了那金字塔的內部，我們立即可以恢復原狀了。」

艾泊的聲音帶着哭音，道：「我們怎麼去？我們什麼也看不見，怎麼去法？」

我呆呆地站着，又來回踱了幾步，我的腳在無意中踢到了一件東西，由於我的視覺已然極壞，所以我根本看不到我所踢到的是什麼東西。

我俯下身來，摸索着，一摸到了那東西，我才知道那是一具小型輕量的紅外線觀察器，我曾經將這具紅外線觀察器帶入金字塔，但沒有利用到它。這種小型的紅外線觀察器，是一種新發明的東西，美國的警察用它來代替電筒巡夜。通過紅外線觀察器，可在夜間看到一切而不被發覺。

我一摸到了這是一具紅外線觀察器之際，心中便陡地一動。

如今我和艾泊的視力幾乎等於零，那是因為我的眼球已透明，引不起可見光折射成影的緣故。但是紅外線卻是「不可見光」，這具觀察器是不是可以幫助我們，恢復視線，使我們能夠行動呢？

我連忙將那具形狀有點像八厘米活動電影機的紅外線觀察器拾了起來，湊在眼前。我的眼前立即現出了一片暗紅色，我看到了艾泊！我的意思說，我不但看到了艾泊的衣服，而且看到了艾泊的人。

我看到了艾泊的骨骼，也看到艾泊的骨骼之外，包着淺淺的一層就像是有人以極淡極淡的紅線，在艾泊的骨骼之外，勾出了艾泊的輪廓一樣，那是一種十分奇異的現象。

我移動着觀察器的鏡頭，外面的沙漠也成了暗紅色，雖然還不能和普通人的視線相比，但我們已可以行動，卻是毫無問題了。

我連忙道：「艾泊，不必灰心，我又有辦法了，你試試用這具紅外線觀察器看。」

艾泊接過了觀察器，好一會沒聽見他的聲音，約莫過了十分鐘，他才吁了一口氣，道：「奇妙之極，就像是一個從未曾用過顯微鏡的人，忽然擁有一具顯微鏡一樣，看起來整個世界都不同了！」

我道：「我們可以不被那族阿拉伯人知道，偷進金字塔中去了。」

艾泊道：「可是這具觀察器，和那隻銅盒……」

我道：「若是我們遇到了人，我們可以將觀察器和銅盒，放在地上，我們揀夜間行事，那便可以安全得多了。」

艾泊顯得樂觀了許多：「還有，我們必須赤條條地行事。」

我道：「當然，唯有赤條條，我們才是一個真正的隱身人。」

艾泊苦笑了一下：「做了隱身人原來那樣不好受，以此類推，什麼『原子飛天俠』、『超人』，也一定不會舒服的，最舒服的還是做一個普通人，和所有人一樣的普通人。」

我笑了一下：「你這種説法，已經有一些接近中國人的人生哲學了。」

艾泊苦笑了一下，我們開些罐頭吃了，又煮了一壺咖啡，我不斷地説服艾泊，使艾泊相信，我們只要一回到金字塔中，便可以恢復原狀，所以他也漸漸開朗了起來。

他向我講述了許多二次世界大戰的軼事，和流傳在埃及的種種古怪傳説。在我們的身子已經完全隱去的情形下，我們當然全都睡不着。艾泊的故事，使我們消磨了一天的時間。

等到天色又黑下來時，我拿起了那具紅外線觀察器，艾泊小心地挾着那隻銅盒，我們都脱光了衣服，開始向前走去。這時，如果有什麼人遇到我們的話，有關沙漠的種種傳説之中，一定會增加一項最怪誕的了，因為這時，我們兩個人都看不見，所能看到的，只是一隻黃銅盒子和一具紅外線觀察器，在懸空前進而已。

天色是黑還是亮，對我們來説，全是一樣的，因為我們總得借助那具紅外線觀察器，才能前進。

一小時後，我們來到了那條通向古城的秘密入口處。

那秘密入口是必須由裏面打開的，艾泊在入口處，用力地跳了幾下，發出「蓬蓬」之聲，然後又立即閃開一邊，又將紅外線觀察器和那隻黃銅盒子，用沙掩了起來。

不一會，便有一個阿拉伯人，從那秘密入口處，走了出來。

他四面看着，面上露着奇異的神色，因為四面並沒有掩蔽物，剛才發出「蓬蓬」聲的人，就算腳步再快，也不能逃出視線之外。

在他發呆的時候，我已經向前疾撲了過去，一掌劈向那阿拉伯人頸後的軟骨，將那阿拉伯人劈得昏了過去。我相信，當那阿拉伯人醒過來的時候，他一定以為自己只是做了一場噩夢而已。

我又退了回去，取起了觀察器，抱着那個阿拉伯人，進了甬道。

我們將那阿拉伯人留在甬道中，又將秘密入口處關好，迅速地向前走着，不一會，我們便已進入了那座古城之中。

由於是深夜，古城中十分寂靜，我們兩人向前迅速地走着，我找到了那兩口井，未曾被任何人發現，到了井旁，我們卻鬆了一口氣。

因為只要一下井，便是通向金字塔的暗道了，在那個暗道中，當然不會遇到任何人了。也就是說，我們可以順利地到達那金字塔的內部了。

我們先後下了井，在甬道中向前走去，艾泊的心情顯然也輕鬆了許多，我們不怕被人撞倒，恐懼的心理自然也減輕了許多，王彥和燕芬兩人，為什麼要匿居荒島之上，而不肯與任何人見面的心情，我在這時，已完全可以了解得到了。

不一會，我便已經推開了第一扇圓門，我的頭才一探進去，便立即縮了回來，同時用力將圓門關上，我劇烈地嗆咳着，我相信如果我是被人看得到的話，我的面色一定變成十分厲害了。

艾泊叫道：「什麼事？什麼事？」

我咳了好一會，才道：「艾泊，我們忘記了一樣最要緊的東西。」

艾泊幾乎又想哭了出來，道：「我們忘了什麼？」

我向圓門指了指，指了之後，才想起不論我做什麼動作，都是白做的，因為艾泊根本看不見我。我道：「那裏面的空氣——」

艾泊道：「不是真空的麼？我們只消屏住氣息一分鐘就可以了。」

我搖了搖頭——搖到一半，便停了下來，因為我又想起了艾泊是看不到我的，道：「裏面不是真空的，而是有空氣的，只不過那空氣不知是什麼成分，人絕對沒有法子在那種空氣之中，生存五秒鐘。」

艾泊道：「那我們怎麼辦？我們怎麼辦？」

我看不到他，但卻聽到他在團團亂轉時所發出來的腳步聲。

我連忙道：「艾泊，鎮定些，問題太容易解決了，我們只要回去拿氧氣筒就行了。」

艾泊幾乎是在呻吟：「氧氣筒？我們怎麼能帶進來，被人看到了氧氣筒在凌空飛舞怎麼辦？」

艾泊的精神，幾乎完全崩潰了。我想了一想：「你在這裏等我，我去。有可能的話，我帶兩副氧氣筒來，要不然，一副也夠用了。」

艾泊道：「我在這裏等……你可得快些回來。」

我向外走了幾步，回過頭來：「艾泊，你千萬不能打開那扇圓門進去，沒有氧氣筒，一進去便會性命難保的。」

艾泊答了一聲，我提起了那具紅外線觀察器，向外迅速地走去，不一會便出了那口井。

我心中也不願意再去冒一次險，但是我卻沒有法子可想，我四面看了一看，見到沒有人，才盡我所能地向前飛奔而出。

到了那條秘密甬道之中，我看到那個被我擊昏了的那個阿拉伯人，仍然未醒。

咳，如果我們來時，就已經帶了氧氣筒的話，那麼一切都圓滿了，可是如今，我卻還要再到我們的營地中去跑一次。

在那一個來回中，那阿拉伯人會不會醒來呢？他醒過來了之後，又會發生一些什麼變化呢？我是沒有法子預料的，我所能做到的只是，一面心中抱歉，一面又在那人的後腦上，重重地擊了一下，使他昏迷的時間，更加長久一些。

我出了甬道，在沙漠中飛奔而出，我相信一頭飛奔的駱駝，也沒有我那麼快疾。謝天謝地，到了營地之後，還沒有人發現我。

我提起了兩筒氧氣，立即又向古城所在的方向疾奔了出去。

我奔得再快，在我將到甬道的入口處時，天已破曉了。

我走到了甬道中，那阿拉伯人還昏迷不醒，但同時，我卻聽到有腳步聲，從甬道之中，傳了過來。

我一聽到了腳步聲，心中便感到了一陣莫名其妙的恐怖，一時之間，竟感到徬徨失措，不知該怎樣才好，足足呆了一兩分鐘，我才想起，我首先該離開那個昏迷的阿拉伯人。

我向前急行了七八步，在紅外線觀察器中，我已看到了前面有兩個人走來，我連忙將手中的氧氣筒和紅外線觀察器放了下來，我人也貼着甬道的石壁站着，老天，這時候我的身子竟在發抖，而我實在是想不出我為什麼要害怕的理由的。

我只希望那兩個阿拉伯人不要發現我放在地上的東西，那兩個人一面走，一面在交談着，漸漸地接近了我，終於在我的身邊走過。

他們並沒有發現我放在地上的東西，我立即提起了那兩件東西，又向前走了十幾步，回過頭去，只見那兩人正搖動着那個昏迷不醒的人，我不再去理會他們，向前直衝了出去。

不一會，我衝出了地道，到了古城之中。

天色已濛濛亮了，古城用石塊鋪成的街頭上，已經有了行人！

我才一出現，便有一個頂着一隻盤子的老婦人看到了我——她當然不是看到了我，而是看到了一具紅外線觀察器和一副氧氣筒，正在向她飛了過來。

那老婦人驚駭之極，只是木然而立，既不知逃走，也不知叫喚。

那實是我的幸運，我飛快地在她身邊經過，可是前面又有幾個人在走過來了，我連忙閃到了牆角停了下來，將東西放在地上。

我心中實是焦急之極，艾泊還在金字塔內部等着我，而我卻在這裏遇到了人，艾泊會不會因為等不及我，而做出一些傻事來呢。

我只盼那幾個人，快快在我的身邊走過，但是，剛才那老婦人，這時卻飛奔了過來，向那幾個男子大聲地呼叫着。

她在叫什麼，我聽不懂，但是卻可想而知，她是在向那幾個男子投訴她剛才所見到的怪事。接着，她便見到了我放在地上的氧氣筒，她尖聲怪叫了起來，指着氧氣筒，又講了一大串話。

那幾個男子，就在我面前站了下來，當他們之中的一個，彎身伸指，去敲打氧氣筒的時候，我只消略動一動，便可以捏住他的鼻尖！

他當然看不到我，他做夢也想不到，就在他的面前有一個人蹲着——一個隱身人。（我一見到有人，想到自己身上一絲不掛，雖然明知人家絕看不到我，我也立即蹲了下來。這是習慣。）

他彈了彈氧氣筒之後，又提了提那具紅外線觀察器，這時候，我真想出手將他們這幾個人打倒，繼續向前飛奔而出。

然而我卻知道，打倒這幾個人，是輕而易舉的事，但是這幾個人一倒，知道古城中發生怪事的人更多，我更不容易脱身了！

我強忍着，只聽得那人突然笑了起來，講了幾句話，其餘幾個人也笑着，那老婦則漲紅了臉，也在不斷地説着話。

看這情形，分明是那幾個人不相信老婦人的話，而老婦人正在分辯。

那幾個男人笑了一會，便離了開去，那老婦人遠遠地站着，又看了片刻，才咕嚕地走了。

我鬆了一口氣，連忙又提起那兩件東西來，向前急奔而去。

天色究竟是剛亮，古城中的行人還不多，我得以到了那兩口井旁。

我連忙攀下井去，才一到井底，我便覺出事情不對頭。

我如今的視線，雖然已減退到幾乎零，但是眼前是極度的黑暗，還是光亮，我卻是可以分得出來的。如今我就覺出，井底並不黑暗，而是有着一種十分明亮的光線，正由甬道的前面射來，像是在甬道的前面射來，像是在甬道的盡頭處，安着一具探射燈一樣！

我呆了一呆，舉起了紅外線觀察器，湊在眼前，眼前的景象更清楚了，在甬道的盡頭，有灼亮的光芒發出，那種白而灼亮的光芒，我一看便可以看得出那是「透明光」！

我向前急奔了幾步，叫道：「艾泊！艾泊！」

除了回聲以外，並沒有回答。

我知道意外已經發生了，我又向前奔着，我開始感到空氣的混濁，但是我還可以呼吸，不致於要動用氧氣筒來維持。

我奔到了甬道的盡頭，那小圓門之前。

透明光是從小圓門中射出來的，在小圓門中，還有一個人，那正是艾泊，他的上半身在小圓門中，下半身則在小圓門外。

他不再是隱身人，但也不是普通人，他的骨骼，清楚可見，但是肌肉卻還看不到，我連忙將他拖了出來，他一動也不動，我觸手處已只是微溫，而當我去探他的鼻息之際，他已經死了。

我呆呆地蹲在他的身邊，究竟蹲了多久，連我自己也不知道。

我的腦中，只能感到一片混亂，極度的混亂。然後，總算有了一點頭緒。

我看到那黃銅盒子在小圓門之內，而那塊發射着「透明光」的礦物，則已跌在盒外。我開始明白，艾泊一定是太急於恢復原狀了，他以為只要屏住氣息，便可以抵受金字塔中數千年來未曾流通過的惡劣空氣。

所以，他在我走了之後便立即打開了小圓門，鑽了進去，打開了黃銅盒子。

他的心太急了，所以他在未曾全身鑽進去時，便打開了盒子。

在他打開盒子的那一瞬間，那礦物放出的一定是「反透明光」，這使他的骨骼顯露。但由於小圓門還開着，塔內的空氣和外面的空氣發生了對流，空氣的成分起了變化，「反透明光」也立即成了「透明光」，所以艾泊始終未能完全復原。

而這時候，艾泊早已因為惡劣空氣的衝擊而死去了，艾泊的情形，使我對透明光又多知道了一項事情，那便是：一個人已經死了，那即使接受透明光的照射，他也不會再透明了。

第二十二部

永遠的謎

我將那礦物放回盒中，蓋上了盒蓋，戴上了氧氣筒，將艾泊的屍身，從小圓門中塞了進去，頂着他向前爬行。

艾泊和我相識的時間不長，但對我的幫助卻很大，沒有他，我可能永遠也找不到這座金字塔。他竟這樣地死了，實使我十分痛心。

我相信艾泊心理上一定有着極嚴重的不正常傾向，所以才變成透明人之後，他的恐懼、焦急，也遠在一般人之上，至於是什麼使艾泊心理不正常的，我卻是無法知道了。

艾泊至死仍是一個透明人，我不能使他的屍體被人發現，所以我要將他的屍體，弄到那座金字塔的內部去，永不讓人看到。

不一會，我便已頂開了第二扇小圓門，來到了那一間有石棺的石室中。我關好了門，喘了一口氣，將艾泊的屍首，放到了石棺中，合好了棺蓋，這才打開了那隻黃銅盒子。

剛一打開那隻黃銅盒子之際，我的眼前，幾乎是一無所見。

在那不到一秒鐘的時間中，我心中的恐懼，實是前所未有的，因為我若是見不到七彩的「反透明光」，就是我的理論破產，我也無法回復原狀了！

但幸而那只是極短的幾秒鐘時間，接着，奇幻瑰麗的色彩便開始出現了。那是突如其來的，前一秒鐘，我還在極度的失望之中，但是後一秒鐘，我卻如同進入了仙境一樣。

在我的眼前，突然充滿了各種色彩的光線之際，我忍不住大叫了起來，我手舞足蹈，我看到了自己的骨骼首先出現，接着，我的皮肉也出現了，我的心中，突然又充滿了信心，我頓時感到我無事不可為！

我讓自己充分地接受着絢爛美麗得難以形容的「反透明光」的照射，直到我肯定我的每一部分已經絕不透明之際，我才合上了盒蓋。

盒蓋一經合上，石室之內，頓時一片黑暗，我將黃銅盒子挾在脅下，向外走去。

然而，方走出了一步，我就站住了。

如今外面應該天色大明了，我怎能出去呢？別忘記我是一絲不掛進來的，難道我就這樣走出去？

我忍不住「哈哈」大笑起來，笑聲在金字塔的內部震蕩着。我之所以會在這樣的情形之下笑了出來，那當然是心情愉快之極的緣故。因為我終於已經恢復成為一個普通人了！

在我根本是一個普通人的時候，我絕不覺得一個普通人有什麼好。我曾許多次夢想過（尤其是在年紀還輕的時候）自己是一個隱身人，在想像中，成為一個隱身人，該是何等逍遙自在，無拘無束！

但事實和想像卻是大不相同的，往往事實恰好是想像的反面。

我曾經做過隱身人了，那滋味絕不是好受的，以後，不論是什麼代價，我都不肯重做隱身人了。

我當然不能就這樣出去，我必須等到天黑，而氧氣是不夠我用到天黑的，是以我退出了石室，到了石室外的甬道之中，就在那井底下等着。

那一天的時間，似乎在和我作對一樣，在我好不容易看到井上的天色，已經灰濛濛的時候，到天黑還有一大段時間。

終於天黑了，我攀了上去，古城中還可以聽到人聲，我只得仍等着，一直到了午夜時分，我才爬出了天井，彎着身子，藉着牆角的遮掩，一直向前走去。

幸而一路上沒有遇到什麼人，我一直來到了甬道的出入口處，閃進了甬道，以最輕的步法向前走去，在甬道的出口處，我打倒了那個守衛，然後在沙漠中，像是土撥鼠一樣地向前跳躍着、奔跑着，回到了營地之中。

一到了營地，第一件事，便是迅速地穿上衣服。等到穿上衣服之後，我才發覺自己的全身，都已被汗水濕透了，而我們所帶的水，是足夠我洗一個澡的，但是我卻不想再脫衣服了。

我在帳幕中躺了下來，想着急不及待，不等氧氣筒到來，便進金字塔內部去遭橫死的艾泊，心中也不禁十分難過。

我躺了一會，又起身將那隻黃銅盒子小心地放入一隻大皮袋中。然後又將那隻大皮袋小心地綁了起來。我實是不能再不小心而使礦物暴露在空氣之中了，我還能再作一次隱身人麼？只怕我的神經不允許了。

我將不必要的東西，全都棄在沙漠中，只帶了四匹駱駝，開始回開羅去。

回去的時候比較簡單得多，路上並沒有遇到什麼意外。而當我又出現在那家酒店中時，那個胖侍者舍特望着我的眼光，就像是他在看一具幽靈一樣。

我在開羅只住了一天，便飛了回來，一下飛機，第一件事我便是和老蔡通電話。

老蔡在電話中告訴我，前兩天，他曾到過那個荒島，王彥和燕芬兩人，曾請求他，我一回來，不論帶來的是好消息還是壞消息，立即前去見他們。

王彥和燕芬兩人焦急的心情，我自然是可以理解的，因為我自己也曾一度成為隱身人，我知道那種心理上的苦楚。

所以我並不回家，只是先和傑克少校聯絡了一下，告訴他我有一些東西從埃及帶回來，要他通過特殊的關係，不經過檢查便通過海關。那塊礦石如果在海關的檢查處當眾打開，大放透明光的話，那所造成的混亂，實是難以想像了。

傑克少校一口答應了下來，他是秘密工作組的首腦，自然有這種權利的。

然後，我再通知我公司的一個職員，要他將一艘遊艇停在最近機場的碼頭上，和將我的車停在另一個接近我家的碼頭上。我則在機場附近的地方徘徊了片刻。

等我到那碼頭時，那艘遊艇已經在了。

我上了遊艇，打開了海圖，那個荒島所在的位置，我當然是不會忘記的，我直向那個荒島上駛去。等我上岸時，已經是黃昏時分了。

我大聲叫着王彥和燕芬兩人的名字，向他們紮帳的地方走去。

在我走到營帳前的時候，便聽得王彥的聲音，傳了出來：「衛先生，你回來了麼？」他的聲音在顫抖。由於我自己也曾經成為一個透明人的關係，我自然可以了解王彥和燕芬兩人的心情。

我第一句話並不說「我回來了」，而是說道：「我已經找到使你們兩人復原的方法了。」

帳中靜了幾秒鐘，才聽得王彥和燕芬兩人齊聲道：「真的？你……不是在騙我們吧。」

我道：「當然不是，我自己也曾一度透明、隱身，但我現在，已經完全復原了，你們也可以和我一樣，立即復原的。」

王彥低聲道：「謝天謝地，那請你快來使我們復原。」

我忙道：「現在還不能。」

王彥和燕芬兩人焦急地道：「為什麼？又有什麼阻礙？」

我安慰他們，道：「一點阻礙也沒有，我已經知道，同一的礦物，暴露在正常的空氣中，發出的是透明光，但如暴露在真空中，發出的便是反透明光。」

王彥道：「那礦物……已不在我們處了啊。」

我道：「不要緊的，我在埃及得了一小塊，你們先跟我回去，在我家中暫住，等我設法布置好了一間真空的密室之後，你們兩人帶着氧氣筒進去，讓反透明光照射你們的全身，一切事情便都會成過去了。」

燕芬道：「我們現在就跟你回去？」

我道：「你們穿上衣服，戴着帽子，再在面上包一塊布，我扶你們走，一上岸就有車，直接到我的家中，而我家中又沒有人，你們是不怕被人發現的。」

他們兩人沉默了片刻，才道：「好，請你等一等。」不一會，他們便從帳幕中走了出來。他們都穿着衣服，但是頭上卻未戴着帽子和包上布，那種情形，看來實是異常怪異？

我竭力使自己覺得滿不在乎，轉過身去：「你們跟我來。」

我們走到了遊艇停泊的地方，下了艇，便駛着快艇回去，等到快艇又靠岸時，已是子夜時分了。王彥和燕芬兩人，戴着帽，又各以一條圍巾包住了頭臉，我扶着他們上了岸，我的車早已停着了。

我將王彥和燕芬兩人直送進了汽車，駕車回到了我的家中，將他們安排在我的臥房中。我自己則舒舒服服地洗了一個澡，在書房安樂椅中躺了下來。

在這個城市中，要找一間真空的密室，倒也不是容易的事情，我躺在椅上，仔細地想了一想，幾個規模較大的工廠之中，可能會弄得出這樣一間密室來的，我打電話委託一個可靠的朋友進行這件事。

這位朋友被我從好夢中吵醒，但是他卻並不埋怨我，答應盡快給我回音。

我放下了電話，準備假寐片刻，因為一切事情，看來都快過去了，我緊張的心神，也得要鬆弛一下才行，我合上了眼睛，可是，正當我要朦朧睡去之際，電話鈴忽然響了起來。

我立即驚醒，一面伸手去取話筒，一面心中暗忖，我那位朋友辦事好不快捷。

我拿起了話筒來，「喂」地一聲，道：「已經有了結果了麼？」

可是那面卻沒有人搭腔。

我立即感到事情有些不對頭，我立即問道：「你是誰？」那面仍然沒有聲音，我道：「你要是再不出聲，我要收線了。」

那面還是沒有聲音，我收了線。

才半分鐘，電話鈴又響起來，我又拿起了話筒，這一次，不等我開口，那面的聲音已傳了過來，道：「是我，剛才也是我！」

那是帶有德國口音的英語，我不禁又好氣又好笑：「對不起，你撥錯了號碼了。」

那聲音道：「不，衛斯理，是我！」

「你是——」我略為猶豫了一下，便陡地坐直了身子：「你是勃拉克？」

那面像是鬆了一口氣：「是的，我是勃拉克。」

我向窗前看去，天色已經微明了，我略帶譏諷地笑道：「早安，勃拉克先生，你有什麼指教？」

勃拉克顯然是喘着氣，這個殺人不眨眼的冷血魔王，如今成了可憐的隱身人，我回想起自己成為隱身人時的情形，當真要忍不住大笑起來。

勃拉克呆了片刻：「你從埃及回來，可曾見到羅蒙諾？」

我絕無意使勃拉克這樣的冷血動物也從隱身人恢復原狀，像他那樣的人，就算是服死刑也是便宜了他，讓他永遠成為一個隱身人，讓他永遠地去受那種產自心底深處的恐懼去折磨，無疑是最好的懲罰。

所以，我也根本不想去告訴他關於羅蒙諾的死訊，我只是冷然道：「對不起，我未曾見他。」

勃拉克忙道：「我絕不是想來麻煩你，我想問一問，你到埃及的目的是什麼？」

我「哦」地一聲：「我是應一個朋友之請，去參觀一項水利工程的，那是一項十分偉大的工程，我的朋友是這項工程的設計人之一。」

勃拉克的聲音之中，充滿了失望：「原來這樣，我……我……」

我故意問他：「你有什麼不舒服麼？」

勃拉克遲疑了好一會，才道：「衛斯理，我想和你見見面，可以麼？」

我「哈哈」笑道：「見見面？勃拉克先生，你這話可有語病麼？你能夠見我，我也未必能夠看得到你啊，是不是？」

勃拉克的聲音，顯得狼狽之極：「別這樣，你對於已經自承失敗的人，不是從不計較的麼？」

我冷冷地道：「問題就在於：你可是自認失敗了？」

勃拉克嘆了一口氣：「我還有什麼不承認的可能呢？」

我道：「我看不出我們見面有什麼用處？」

勃拉克道：「我……要你的幫助。」

我推搪道：「我又能給你什麼幫助呢？我好幾次幾乎死在你的手下，老實說，你是我的敵人，你如今反而來求我幫助，不是太可恥了麼？」

我好一會聽不到勃拉克的聲音，正當我要掛上電話時，那面突然傳來了一下槍聲。

我不禁愕然，叫道：「勃拉克，勃拉克！」

可是那面已沒有任何回音了。勃拉克已經自殺了，我雖然未曾看到，但是我可以想到這一點的。

我將電話放上，以另一具電話，將我的猜測通知了警方，我並沒有說出我自己的姓名，讓警方去猜測好了。

我看看外面，天色已經大亮了。

我心想，如果我知道勃拉克會自殺的話，我也不會去刺激他了。

我又想，當警方人員趕到的時候，他們不知是不是看得到勃拉克？勃拉克是不是到死仍然是一具隱形屍體？

我不能回答這些問題，但是我想到了艾泊，艾泊至死還是一個透明人，那麼，勃拉克是不是至死還是一個隱身人呢？

這件事的結果究竟怎樣，我竟沒有法子得知，因為事後，警方對這件事，諱莫如深，沒有一個人肯透露出一點，甚至沒有一個人肯承認那天清晨曾接到我的電話到某地去發現一個自殺的人那一件事。

那當然是整個事件，有着古怪在內的緣故，但究竟是什麼「古怪」，我卻沒有法子弄明白了，這件事既被當地警察局列為最高機密，雖然我在警局中有不少朋友，也沒法子弄明白的。

艾泊死了，勃拉克死了，只有王彥和燕芬兩人還是透明人。

但是那也只不過是時間問題，我想。當那礦物在真空密室中放射出「反透明光」之後，一切都成為過去了，世上將沒有人再提及隱身人和透明人了。

那時，我又忽然想起了在勃拉克手中的那一大塊這種奇異的礦物，勃拉克是不是將之毀去了，還是隱藏了起來？

如果他是將之隱藏了起來的話，那麼會不會又有人發現了它而成為隱身人呢？

我在雜亂的思索之中，沉沉睡去。

雖然我的思緒還亂，但是我的情緒十分安寧，因為一切將過去了。

我那時，是絕對想不到在臨結束之際，事情還會有出乎意料的變化的，那個變化，實在是太意外了，使我至今仍耿耿於懷，我相信在今後很長的時間中，我仍沒法子不覺得遺憾。如今，還是先敘述當時發生的事情。我一直睡到了下午，才被電話鈴聲吵醒。

我坐了起來，看到王彥和燕芬兩人，正坐在我的書房之中。

他們兩人的裝束，仍像是木乃伊一樣，頭上包裹着圍巾。我拿起了話筒，那是傑克少校打來的。他問我，我的不能經過海關檢查的行李，該如何處置。

我請他派人送到我的住所來，並且又叮囑了他一遍，告訴他絕不可以打開來。

傑克少校答應了，我就在這時和他談及勃拉克的事，他卻像是聽到了神話一樣，表示不信，而且隨即掛上了電話。

我轉過頭來，道：「你們大可不必那樣，我見慣了，已不覺得可怖了。」

王彥發出了苦笑聲，道：「我們還是這樣好些，就算你不怕，我們心也不安。」

我當然可以了解他們的心情，於是我開始告訴他們，我在埃及的經歷，和我發現「透明光」和「反透明光」原是同一礦物發射出來的經過。王彥和燕芬兩人，在聽了我的敘述之後，惴惴不安的心情，似乎已去了一大半。

而在這時候，我也接到了那個朋友的電話。

「衛斯理，」他在電話中說：「一家大規模的精密儀器製造廠，有一個真空倉。」

我笑道：「那太好了，他們肯借給我一用麼？」

那朋友道：「可是可以的，只不過那個真空倉的體積很小，和你要求的密室，有一大段距離。」

我忙道：「小到什麼程度？」

那朋友道：「三立方公尺。本來這是用來儲放精密儀器的。」

我大喜：「那就夠了，請你準備兩副氧氣筒，在那工廠門前等我，帶我進去。」那朋友答應了一聲，便掛上了電話。

門鈴聲不久便響起了，傑克少校已派人將那隻銅盒子拿來了。

我取過了銅盒子，當然不曾打開來檢查一下，因為若是一打開來，我又要變成透明人了，我帶着那隻銅盒子，和王彥、燕芬兩人，上了車子。

二十分鐘之後，我們已經在那家工廠的大門外了。而我那朋友，和一個工程師模樣的人，已經等在門外。王彥和燕芬兩個人，躊躇着不肯下車。我告訴他們道：「沒有人知道你們是透明人，人家至多以為你們將頭包住，而投以好奇的眼光罷，你們不下車怎麼行？」

王彥和燕芬兩人嘆着氣，無可奈何地下了車。我那朋友一見到我，就衝了過來，他的來勢太急，將王彥和燕芬兩人，又嚇得退進了汽車中。

我連忙在他的肩頭上一拍，「一切都已準備好了麼？」

我那朋友道：「準備好了——」他將聲音放低：「喂，和你同來的兩個是什麼人？是土星人麼？為什麼打扮得那麼怪？」

我推了他一下：「別胡說，煩請你告訴工廠方面，我們除了需要人領到那真空倉中去之外，不需要任何招待。」

那朋友笑道：「衛斯理，你自己也快要成為土星人了。」這個朋友是樂天派，而我自己，這時的心情，也十分輕鬆，所以和他一齊大笑起來。

在我們的笑聲中，王彥和燕芬兩人又出了汽車，我一手握着他們的手臂，向前走去，那朋友向我介紹了張技師，張技師便帶我們進工廠去，那朋友和我約定了見面的日子，自顧自走了。

我們在車間旁邊經過，到了一幢新落成的建築物中，電梯將我們載到三樓，在一個門前站定，張技師拉開了門，裏面是一間十分大的房間。在房間中，有着各種各樣的儀器。

「這是控制室。」張技師介紹着：「由我負責。氧氣筒在這裏，請問是哪兩位要用？」

我向王彥和燕芬兩人指了一指，道：「他們要到真空倉中去，完成一件試驗。」

張技師望了兩人一眼，道：「可以的，真空倉中，足可以容得下兩個人。」

他打開了牆上的一扇門，那扇門乍一看，像是一個極大的保險箱，門打開之後，裏面是一間小房間，那自然便是真空倉了。

我提起了兩副氧氣筒，一個給了王彥，其餘一個就交給了燕芬。

我低聲對王彥和燕芬道：「你們一進去，便戴上氧氣面罩，等到倉中變成真空的時候，我敲門，你們便打開黃銅盒。等你們的身子已經復原之後，你們敲門，我便請張技師將空氣輸入，那時，你們緊記得合上那隻盒子，我將會將那塊礦物毀去，免得它再害別人！」

兩人用心地聽着，點着頭。

我將那隻黃銅盒子交給了燕芬，燕芬接了過來，我看出她的身子在微微地發抖，那當然是過度的喜悅所致的了。我又低聲道：「你們放心，絕不會再有什麼意外發生的了。」

王彥和燕芬兩人，像是對不幸有着預感一樣，竟齊聲道：「但願如此！」

我當時便聽出他們並無信心，我想要說服他們幾句，但是我想及他們一進真空倉，便可以恢復原狀，我也懶得再開口了。

他們兩人，相繼進了真空倉，張技師將門關好，到了儀器前面操縱了起來。

他指着一隻表對我說：「當指針指到『零』時，倉內便是真空狀態了。」

我注視着那個儀表，指針在緩慢地移動，約莫五分鐘，指針定在零字上不動了。我用力在真空倉的銅門上，敲了七八下，我相信他們一定可以聽到我的敲打聲的。

我敲了門之後，便在門旁等着，等着王彥和燕芬兩人的敲門聲，表示他們已經恢復原狀了。

我吸着煙，精神仍是十分輕鬆。

可是等我吸到了第三支煙，而仍然未曾聽到他們兩人敲門聲的時候，我就不那麼樂觀了。

我向張技師望去，張技師的面上神色，也十分奇怪：「他們的氧氣，已將用完了。會不會他們發生了什麼意外？」

我的聲音，竟不由自主地在發顫，道：「意外，會有什麼意外？」

張技師道：「我也不知道，他們兩人，進真空倉去，究竟是去作什麼的？」

我不禁被張技師問住了。王彥和燕芬兩人進真空倉去做什麼，這豈是我在一時之間，所能夠解釋清楚的事情？我忙道：「如果他們的氧氣，已將用完的話，那麼快設法把倉門打開吧。」

張技師又在儀器之前，操作了起來，過了幾分鐘，他道：「你可以去開門了，向左旋，旋盡為止再用力拉門。」

我走到了門前。

也就在這時，我聽到了門內的敲擊聲。

我和張技師兩人，都大大地鬆了一口氣，原來他們並沒有發生了什麼意外，可不是麼？他們在敲門了。我將門上，如同汽車駕駛盤也似的門柄轉動着，然後，我用力將門一拉。

我大聲道：「兩位，久違了。」

我人隨着拉開的門向後退，所以我看不到真空倉中的情形。但是我卻可以看到正回過頭來，向真空倉望去的張技師。

他面上的神情，就像是在剎那之間中了一槍一樣地驚愕！

我立即知道，事情有什麼不對頭的地方了。

我忙問道：「怎麼了？」

張技師伸出手來，指着真空倉，但是卻張大了口，一句話也講不出來。

我知道不能再遲疑了，立即轉過了那扇門，向真空倉中望去。

一望之下，我也不禁呆了。

在那真空倉中，有着王彥和燕芬兩人的衣服，有着那隻打開了的黃銅盒子，和一塊灰白色的礦物，像是一塊錫，沒有任何光芒發出。

王彥和燕芬兩人卻不在了。

他們兩人的衣服，是齊齊地堆在地上的。

在那一剎間，我簡直不知該如何才好，因為我根本不知究竟發生了什麼事。

而張技師則已怪叫一聲，奪門而出。

我連忙叫道：「張技師，請回來。」，

張技師可能因為太緊張了，才一出門，便在門口，重重地跌了一交。

他失神地站了起來，回頭望着我，面色蒼白之極。

在那時候，我忽然想起了一件事，連忙道：「關門，將門關上！」

張技師面上那種愕然的情形，使我知道他根本不明白我是在說些什麼！我連忙趕到了門口，「砰」地一聲，將門關上。

但是我立即也覺出我的舉動太失常了，我連忙又拉開了門，張技師仍然站在門口。

我連忙問道：「張先生，你可覺有人在你的身旁經過？」

張技師面上的神情，像是想哭，他並沒有回答我的問題，而只是將我的問題，複述了一遍。

我嘆了一口氣，將他拉進了房間來，將門關上，張技師突然尖叫了起來。

我在他的面上，重重地摑了一掌，喝道：「別叫！」

張技師張大了口喘氣，我和他面對面：「這裏有一些不尋常的事發生了，是不是？」

他喘着氣，道：「太……太……不尋常……了。」

我道：「是什麼不尋常的事，你可能講得出來麼？」

張技師向那真空倉看了一眼，面上恐怖的神情更甚。真空倉的門仍開着，裏面除了兩副氧氣筒，一男一女兩套衣服和那隻盒子，以及盒子中的一塊灰色礦物之外，則無其他別物。

張技師將手放在胸前，斷斷續續地道：「兩……個人……和你……一齊來的兩個人……走進了真空倉……他們不見了。」

我又道：「你將真空倉借給我，可曾通過廠方？」

張技師失神地道：「沒……沒有。」

我忙道：「那你一定不會喜歡這件事情，被張揚出去的了？」

張技師忙道：「當然不，當然不，但是那怎麼可能呢？兩個人不見了，天啊，他們到哪裏去了？」

他們到哪裏去了？

這也正是我心中拚命問自己的事情。

當然，我不能有答案。

但是我卻可以知道，我犯了一個大得不能再大的錯誤！

我錯誤地以為金字塔中是真空的，以此類推，便以為那奇異的礦物會在真空中發出「反透明光」。但如今事實證明我是錯了。

金字塔內部，可能接近真空，但必然和真空不同。那塊礦物是極其易變的，在普通的空氣中，它放射「透明光」，在金字塔的空氣中，它放射「反透明光」，在真空狀態之中，它放射什麼呢？

我沒有法子知道，因為在真空倉中，只有王彥和燕芬兩人，我並不在其中。

如今，王彥和燕芬兩人，已經不知到什麼地方去了，而那塊礦物，卻像是變了質，因為在真空倉打開之後，它暴露在普通的空氣之下，但是卻再也沒有透明光發出來。

我的心中亂到了極點，在那樣紊亂的心情下，我甚至沒有可能作出任何推測來。

我只是對着張技師道：「只要你不說，我不說，那麼在這裏發生的事，便沒有人會知道了。」

張技師點了點頭，我向真空倉走去。

當我走到真空倉門口的時候，他忽然道：「衛先生，我可以問你一件事麼？」

我停了下來，轉過身：「什麼事？」

張技師的聲音在發顫：「他們……哪裏去了？」

我苦笑着：「不知道，我不知道。」

我走進了真空倉，俯身去看那塊礦物，那塊礦物看來像是一塊錫一樣，在我湊近去觀看的時候，我突然感到一陣熱氣，自上面發出。

我吃了一驚，連忙後退了一步，卻又沒有異狀，我拿起了一根鐵棒去撥那塊礦物，卻不料我這一碰，那塊礦物便散了開來，成了一攤灰。

我又吃了一驚，連忙將那盒子的蓋蓋上，又捲起了王彥和燕芬的衣服，一齊挾在脅下，走出了真空倉。

我向張技師道：「再見，雖然你給我的幫助，出現了意想不到的結果，但是我還是感謝你的。」

張技師木然而立，他顯然是為在真空倉中所發生的事迷惑了，難以出聲。

我自己一個人，向外走去，到了工廠外，我將王彥和燕芬的衣服，放在車中，我也坐到了駕駛座位上，但是我卻並不開車。

因為這時候，我的思緒實在太亂了，如果不整理出一個頭緒來的話，我一定會失事的。

我坐着，手放在駕駛盤上，好一會，我才得出了兩個可能來。

第一個可能是：那塊礦物在真空狀態中，會放出高度熱能（光能和熱能本是孿生兄弟），而那種熱能，對於動物的身體的作用，特別靈敏（我在真空倉中俯身下去的時候，感到一陣灼熱的感覺，但那隻黃銅盒子卻是冷的）。

如果是那樣的話，王彥和燕芬兩人，根本已不在人世了，他們可能在那種熱能下而氣化了，整個身體，都變成了氣體。所以當真空倉被打開之後，裏面只留下氧氣筒和他們的衣服——至於我聽到的叩門聲，在真空倉的門被打開之後，有一隻氧氣筒正在門旁，那可能是氧氣筒滾到門邊所發出的碰擊的聲音。張技師感到有人衝出來，也可能是一股氣流。

那礦物無論發出光或熱，都是對動物的身體起作用，透明光不能使衣服透明，只能使人體透明，便是一例。當我想到事情可能是這樣時，我實是禁不住冷汗遍體！

因為若然這個推斷是真的話，那麼王彥和燕芬兩人，簡直等於是給我害死的了。

我連忙拋開這樣的想法，我又想到：那礦物在真空狀態中，所發出來的是強烈的透明光，使得王彥和燕芬兩人，在剎那之間，變成隱身人。

他們是滿懷希望來恢復原狀的，但是在倏忽之間竟成了隱身人，他們心中的恐懼、徬徨，實是可想而知的事。於是他們便除下了身上的衣服，隔了許久才叩門（也有可能我聽到的真是叩門聲，而不是氧氣筒撞在門上的聲音）。而當門一打開之後，他們就衝了出來，他們身受巨變，當然對我再無信任可言，於是，他們便趁着張技師開門的空檔衝了出去。

我寧願第二個推測是真的事實。

至於究竟哪一個推測才是事實，我至今還沒有法子確定。我一直在等着王彥和燕芬兩人給我電話，那麼，我們可以再尋找落在勃拉克手中的那塊礦物，將王彥和燕芬兩人，帶到金字塔內部去使他們復原。但是他們沒有電話給我。

我一直在留意着是不是有怪事出現的消息，如果有的話，我便可以知道那是他們兩人所為的了。

但是，也沒有。

我心頭的重擔一直到如今還沒有法子解除，因為我不知道王彥和燕芬兩人，究竟是根本已不存在於這個世界上了呢，還是成了隱身人，而視我為不可信的，說謊的卑鄙小人，而不肯和我再事聯絡。

至於那一堆灰燼，事後我送去化驗，化驗的結果稱：那不是地球上應有的物質，它可能來自別的星球。

附帶說一句，作出這個結論的，是世界上最著名的一所理工學院的實驗室，我十分相信這個結論，並衷心希望被勃拉克藏起來的那一塊大怪物，永遠也再不要出現！

（全文完）

衛斯理小說典藏版 23

真空密室之謎

作　　者：衛斯理（倪匡）
責任編輯：諾信　黎倩雲
封面設計：三原色
出　　版：明窗出版社
發　　行：明報出版社有限公司
香港柴灣嘉業街18號
明報工業中心A座15樓
電　　話：2595 3215
傳　　眞：2898 2646
網　　址：https://books.mingpao.com/
電子郵箱：mpp@mingpao.com
版　　次：二〇二二年七月初版
I S B N：978-988-8688-69-2
承　　印：美雅印刷製本有限公司